Arnulf Zitelmann
Nach dem Großen Glitch

Arnulf Zitelmann

Nach dem Großen Glitch

Roman

BELTZ
& Gelberg

Arnulf Zitelmann, geboren 1929, Studium der Philosophie und Theologie.
Lebt in Darmstadt und ist dort als Religionslehrer tätig.
Veröffentlichte u.a. die »Basisbibel«, »Didaktik der Sexualerziehung«
und die Abenteuer-Romane »Kleiner Weg«, »Zwölf Steine für Judäa«
und »Unter Gauklern«.

CIP-Kurztitelaufnahme der Deutschen Bibliothek

Zitelmann, Arnulf:
Nach dem großen Glitch : Abenteuer-Roman / Arnulf Zitelmann.
- Weinheim : Beltz und Gelberg, 1981.
ISBN 3-407-80583-7

Lektorat: Cornelia Krutz-Arnold

 Programm Beltz & Gelberg, Weinheim
Einbandbilder von Klaus Steffens, Heidelberg
Reihenlayout von Willi Glasauer, Frankreich
Gesetzt aus der 12 Punkt Times
Gesamtherstellung
Beltz Offsetdruck, 6944 Hemsbach über Weinheim
Printed in Germany
ISBN 3 407 80583 7

Oci fuhr herum, starrte in die Focksegelrah und schrie. Sie hangelte übers Deck, warf Korkboje und Rettungsring in die See. »Mann über Bord!« rief sie noch einmal.
Der Kapitän teilte Leute für die Rettungsaktion ein. Oci drängte unter die Freiwilligen auf die Ruderbank des Rettungsboots.
»Hat einer gesehen, wer der Mann war?« brüllte der Kapitän hinter ihnen her.
»Mjuda ist es, das andere Schiffsmädchen«, rief Oci zur Reling hoch.
Das Boot war in der Kreuzsee kaum zu halten. Die *Nhlakanifo* verschwand in einer Nebelbank. Salzwasser verklebte die Augen, Wasserstaub flog. Oci ruderte mit aller Kraft. Ob Mjuda den Rettungsring noch erreicht hatte?
Die rote Boje tauchte auf einem Wellenschwall auf.
»Voraus treibt der Ring mit dem Mann«, schrie Kabip. »Wir holen ihn übers Heck.«
Sie brauchten eine ganze Zeit, bis sie die *Nhlakanifo* wieder erreichten. Mjuda kauerte neben dem Steuermann. Ihr Gesicht war grau und verzerrt. Sie hat Mengen Salzwasser geschluckt, dachte Oci und versuchte ein aufmunterndes Lächeln.
Als sie in Bordnähe kamen, griff die Mannschaft in die Seile. In diesem Augenblick buckelte unter der *Nhla-*

kanifo ein Schwall auf und trieb das Boot hoch. Der vordere Seilzug gab nach, das Boot neigte über Bug nach unten. Kabip riß das Seemannsmesser vom Rücken und kappte das Heckseil. Wieder schwappte die See hoch. Oci spürte einen Schlag gegen ihr linkes Schienbein, ließ los und prallte ins Boot.
»Nimm's Steuer«, rief Kabip und versuchte, mit dem Bootshaken das Schiff zu erreichen. Oci sah, wie ein Matrose Mjuda über die Reling zerrte. Dann war das Boot hinters Schiff zurückgefallen. Neben ihnen wippte die Boje. Oci biß sich auf die Knöchel. »Shit«, sagte sie laut zu sich selbst, »aber Mjuda hat es jedenfalls geschafft.«

Früher Nachmittag war es gewesen, als sie vom Schiff abgekommen waren. Es dunkelte schließlich, der Wind verlor seine Kraft. In der Mitte der Nacht zogen die Wolken auseinander.
Oci schrak auf, als der Steuermann sie anrief: »Los, Junge, jetzt nimmst du das Steuer. Sieh zu, daß wir nicht quertreiben.«
Kabip tapste mit durchgebogenen Knien zur Bootsmitte, hockte sich auf die Bank und prüfte den Wind zwischen den Fingern. »Nur keine Bange«, meinte er. »Das Schiff fischt uns schon auf. Kile Moge ist einer von den besten Werkskapitänen, die wir haben. Der schafft es.«
»Wie denn?« fragte Oci. »Wir haben seit Tagen keine Position mehr bestimmen können. Kabip, wir...«

»›Mister Kabip‹, das bin ich für dich«, unterbrach sie der Steuermann. »Und halt das Ding besser im Ruder, Junge!«
Oci ruckte an der Pinne und sah unter sich. Okay, Mister Kabip, dachte sie, schluckte und sagte dann: »Sagen Sie doch nicht ständig ›Junge‹ zu mir, Steuermann.«
Kabip lachte. »Wir haben Gleichberechtigung«, sagte er und schnippte mit den Fingern. »Du hast dich bisher auch ganz ordentlich gehalten.«
Es hat keinen Zweck, mit ihm darüber zu reden, sagte sich Oci. Schon monatelang, seit sie mit Mjuda zusammen an Bord des Vermessungsschiffs gekommen war, hieß es: Mjuda, los Mann, lies das Lot! He, Oci, Mjuda, Jungs, entert nieder. Macht Positionsbestimmung! Die Matrosen hielten es genauso. Höchstens Silusu, der Segelmacher, machte eine Ausnahme. Aber der mochte Mjuda nicht. In der Kabine, die sie mit Oci teilte, hatte sie oft über die Schindereien des Segelmachers geschimpft: »Guck dir das an, Oci, meine Nägel, bis ins tiefe Fleisch abgebrochen. Mir gibt er das schwerste Tuch, die stumpfeste Nadel, das schlechteste Garn. Aber wenn man sich beschwert, heißt es gleich, wir sollten froh sein, daß uns das Werk die Praktikumsstelle hier an Bord gegeben hat. Da müßten wir schon was bringen!«
Was Kabip betraf, waren sich die Mädchen ohne viel Worte einig. »Ein *Leuko* ist das«, hatte Mjuda bereits am ersten Tag erklärt, als sie unter Aufsicht des

zweiten Steuermanns die wichtigsten Handgriffe lernten. »Aber auf dem Schiff ist er ein wichtiger Mann. Werkssonderbeauftragter, weißt du, PTA-Kommissar. Er macht die Berichte ans Werk. Über die Mannschaft, Arbeitsmoral, verstehst du.«

Oci beobachtete Kabip aus den Augenwinkeln. Sie mußte sich zusammennehmen. Ein negativer Bericht, und ihre Punktabstufung war sicher. Sie verbesserte den Ruderkurs und musterte mit einem Rundblick die See. Es wurde hell, obwohl die Wolken noch tief hingen. Oci blinzelte und rief: »Steuermann, backbord voraus kommt Sicht!«

Kabip fuhr auf, hielt eine Hand über die Augen, beobachtete den Schattenstreifen. »Unser Schiff ist das jedenfalls nicht«, erklärte er. »Es ist Land, nehme ich an.« Er stieg über das Sitzbrett vor der Ruderbank und übernahm das Ruder.

Die Flut zog das Boot mit sich. Oci erschien es eine anstrengende Ewigkeit, bis sie das Boot in einer Uferbachmündung vertäut hatten. Jede Bewegung tat weh. Endlich ging sie steif einige Schritte, bückte sich unter den Zweigen und sah über die Dünen.

»Also, da sind wir«, stellte Kabip fest. Er fingerte an den Knöpfen seiner Brusttasche, zog sein kleines Graubuch hervor. Der wasserfeste Umschlag hatte es trocken gehalten. »Hier«, fuhr er fort, »das ist das richtige Wort: ›Wir müssen lernen, die Arbeit von heute mit den Problemen von morgen zu verbinden!‹ Was heißt das in unserer Lage? Unser Problem morgen

ist, wie wir hier wegkommen. Wir müssen die *Nhlakanifo* finden. Wenn nicht, werden wir versuchen, mit unserem Boot bis ins Werk zu kommen. Auf, wir gehen zum Strand.«
Schwärme von Brutvögeln stürzten sich auf sie. Geduckt, mit den Armen überm Kopf, versuchten sie sich gegen Schwingenschläge und Schnabelhiebe zu schützen.
»Hier entlang«, rief Kabip. »Da, guck, vorn im Schlick. Irgendein Stück vergammelter Beton. Voll Muscheln. Da holen wir uns Frühstück.«
Es waren bläuliche Miesmuscheln. Sie schmeckten gut, wenn man die Augen zumachte und nicht hinsah.
»Was mag das Ding mal gewesen sein?« überlegte Kabip und deutete mit einer Kopfbewegung auf die Betonwand, die sich mehrere Meter über ihren Köpfen fortsetzte. »Stahlbeton«, erläuterte er und zeigte auf rostiges Spanneisen, das verbogen aus der Wand stak.
Oci mußte an das glibbrige Muschelfleisch denken und schüttelte sich. »Meinst du wirklich, daß es hier früher mal Menschen gegeben hat?« fragte sie dann.
Der Steuermann lachte laut. Seine Zähne waren weiß, sehr sauber. »Ja, was denkst denn du, wo so ein Ding herkommt? Ich sage dir, vor dem Großen Glitch müssen Tausende, vielleicht sogar Millionen in dieser Gegend gelebt haben.« Er machte eine weite Geste über Küste und Meer. »Du lernst doch Vermessungstechnik! Hast du noch keine Karte von dem Gebiet hier in der Hand gehabt? Seit wir zuletzt Position geschos-

sen haben, sind wir weit übers ehemalige Festland gekommen. Dieser Klotz ist der Beweis. Ich würde Jahre von meinem Leben dafür geben, wenn ich sehen könnte, was hier früher so alles lief. Bestimmt Autos, jede Menge. Fabriken, Kraftwerke, Flugplätze. Öl hatten sie ja, das ganze Öl, das uns fehlt. Sonst müßten wir auch nicht mit einer lächerlichen Segelholzlatte auf Reisen gehen. Und uns scheißen jetzt hier die Vögel auf den Kopf. Wo sind wir hingekommen!« Kabip griff nach Ocis Hand und preßte sie gegen die Muscheln. »Da, hinter diesem Parasitenpack, stecken die harten Tatsachen, Stahl und Beton. Die Zukunft, die wir einholen müssen. Die Vergangenheit ist ihr Fundament.«

Sie fanden im Laufe des Tages heraus, daß sie auf einer kleinen Insel gelandet waren. Mittags brach die Sonne durch die Wolken und trocknete ihre Overalls. Oci grub den vertieften Fuß einer Glasflasche aus dem Sand. »Damit machen wir Feuer«, rief sie. »Wir füllen den Boden mit Wasser und haben eine Brennlinse!«

Später bauten sie einen Regenschutz, bedachten ihn mit braunem Ried. In der Dämmerung legten sie sich zum Feuer. Sie hatten den Himmelsrand tagsüber nicht aus den Augen gelassen, weil sie hofften, die *Nhlakanifo* werde plötzlich auftauchen. Doch die Sonne ging unter, ohne daß ein Schiff den Horizont gekreuzt hätte.

In den Folgetagen erkundeten sie die Insel. Überall trafen sie auf Spuren lebloser Vergangenheit. Einen im

Sand vergrabenen Autoreifen, rostigen Stahlschrott, Kupferdraht, der im Astwerk der Bäume verwachsen war. Oci entdeckte einen verlassenen Bienenstock. Die Waben waren alt und leergeputzt.
Kabip hob am Feuerplatz ein Metallplättchen auf. »Da«, sagte er, »weißt du, was für ein Ding das ist?«
Oci rückte heran und zuckte die Schultern. »Auf der Seite hier erkennst du den Rest der Prägung«, erklärte Kabip. »Eine Münze ist das, Geld. So etwas wie unsere IQ-Karte, mit der wir auf dem Werksgelände einkaufen.« Kabip schnippte das Geldstück weg. »Bisher haben wir nicht viel gefunden«, sagte er. »Ich meine, was uns hilft, unser Boot seetüchtig zu machen.«
»Wie's hier aussieht, hat in dieser Gegend keiner den Großen Glitch überlebt«, meinte Oci. »Ich kann mir das nicht vorstellen. So viele Leute hat es hier gegeben, und jetzt ist alles wie tot. Der Wald, die Dünen. Es steht alles so überflüssig hier herum.«
»In der Nähe gibt es festes Land«, sagte Kabip. »Ich habe die Schiffskarte im Kopf. Im Süden waren Berge. Da müssen Menschen leben.«
Den Tag über flochten sie Reusen und brachten sie aus. Abends legten sie sich am Feuerplatz schlafen. Als Oci morgens aufwachte, fand sie Kabips Lager leer. Sie suchte Muscheln, knackte Garnelen und ging die Brandung entlang. Sie dachte an Mjuda, an die *Nhlakanifo*. Tränen trieben ihr in die Augen. Wenn Kabip nur nichts zugestoßen war! Ohne ihn war sie erledigt.

Der Platz war immer noch leer, als sie zurückkam. Das Wasser leckte bis in die Feuergrube. Natürlich, fiel ihr ein. Wir haben Vollmond, Hochwasser. Der Steuermann ist ans Boot, um es zu sichern. Oci atmete beruhigt auf und legte mit Muscheln einen Richtungspfeil nach Westen. Ich muß mich bewegen, dachte sie. Sie lief die Wassermarke entlang, bis ihr warm war.
Eine Art Schneise fiel ihr auf, die vom Weststrand in den Inselwald schnitt. Wie eine Straße, sagte sie sich. Ja, es konnte einmal eine Zufahrt durch den Wald gewesen sein. Jetzt wuchs hier Strandhafer, hohes Brennesselkraut, niederes, krüppeliges Strauchwerk. Aber auf der Straße hatten die Pflanzen auch nach so langer Zeit nicht Fuß fassen können. Oci beschloß, der Schneise hangaufwärts weiter zu folgen.
Unvermittelt stand sie nach kurzem Aufstieg vor einer Stahltür. Algenflecken besetzten das stumpfe Metall. Sie konnte keinen Zuggriff, kein Schloß erkennen. Aber dann entdeckte sie einen schmalen Ritz, der die Wand in zwei Flügel teilte. Sie rammte die Tür mit einem dicken Ast. Aus dem Hügel kam ein langgezogener hallender Laut. Hinter der Tür mußte ein Raum sein, und die Straße hatte hier hineingeführt. Oci warf sich auf den Boden, kratzte Laubreste, Humus und Sand weg und merkte, daß sich die Tür nach unten fortsetzte. Kabip mußte herbei. Hoffentlich war er inzwischen am Feuerplatz. Sie zwängte sich ungeduldig durch das tiefe Gestrüpp bis an den Strand und rannte los. Die graue Morgenstimmung war verflogen.

Von weitem schon konnte sie Kabip erkennen. Seine dunkle Gestalt hob sich scharf vom hellen Sand ab. Er sah ihr entgegen. »Steuermann«, rief Oci und schwenkte beide Hände, »ich habe was gefunden. Da ist eine Tür. Hinten auf der Insel. Sie geht in einen Berg.«
»Nun verpuste erst mal«, sagte Kabip und faßte Oci am Arm. »Du hast eine Tür gefunden?«
»Ja, ja«, bestätigte sie. »Aber wo waren Sie, Mister Kabip? Ich hatte nach Ihnen gesucht.«
»Ich war ins Watt gelaufen. Nebel kam und dann die Flut. Ich fand nicht mehr rechtzeitig raus. Ein paar Stunden habe ich zwischen rostigen Eisenträgern gehockt. Kein schönes Gefühl, sage ich dir, wenn einem das Wasser buchstäblich bis ans Kinn geht. Ich hatte den Vollmond vergessen. Es war Hochflut, du hast es gemerkt. Dann waren die Biester da, Austernfischer, Lummen und natürlich die verdammten Möwen. Sie hatten es auf meinen Kopf abgesehen, sage ich dir. Ich stand auf den Zehen und mußte diese ekelhaften Viecher abwehren. Stundenlang, bis die Nebel verdampften und ich Land sah. Dann bin ich geschwommen. Mein Overall ist noch triefnaß. Das ist meine Geschichte. Jetzt deine. Fang noch mal an.«
Kabip hörte zu, ohne Oci zu unterbrechen. Als sie fertig berichtet hatte, sagte er: »Gut, dann gehen wir zum Boot, holen den Enterhaken und nehmen Tauwerk mit. Wir werden deine Tür besichtigen. Du machst mich wirklich neugierig, Junge.«

Als es Mittag wurde, standen sie an der Tür und machten sich an die Arbeit. Am Fuß der Tür gruben sie das Erdreich auf, bis sie Beton sahen. Der Bootshaken war ihr einziges Werkzeug, und Wurzelwerk und steinig verkrustete Ablagerungen machten ihnen zu schaffen. Der Graben wurde sieben bis acht Schritt lang. Es war später Nachmittag, bis sie damit fertig waren.

»Genug für heute«, erklärte Kabip.

»Aber wir haben doch noch Tageslicht«, drängte Oci.

Der Steuermann säuberte den Haken und sagte: »Wir machen heute nicht weiter. Nimm das Tauwerk. Morgen steht uns der schwierigste Teil erst bevor.«

Es war, wie Kabip gesagt hatte. Sie benötigten Stunden, bis sie am nächsten Tag die Tür so weit aufgehebelt hatten, daß sie sich hindurchdrücken konnten. Zwischendurch war ihnen auch noch der Enterhaken abgebrochen. Kabip fluchte. Die Stahlplatten wichen nur millimeterweise auseinander. Sie mußten mit Keilen, Hebel und Gegenhebel hantieren. »Dabei haben wir noch ein Sauglück«, sagte Kabip. »Das Innenschloß war nicht zugesperrt. Sonst hätten wir nicht mal die Spitze vom Bootshaken dazwischengekriegt.«

Kabip drückte sich durch die Flügel, Oci folgte ihm dichtauf. Es roch moderig in dem Raum. Sand knirschte unter den Gummisohlen ihrer Leinenschuhe. »Bleib«, zischte Kabip, als sich Oci an ihm vorbei weiter vortasten wollte.

»He, hallo«, brüllte Oci zwischen vorgehaltenen Händen.
»Ein Riesending muß das sein«, bemerkte Kabip. »Hörst du den Nachhall?«
»He«, schrie Oci wieder. »Da sind wir. Zweiter Steuermann Kabip und Schiffsmädchen Oci. Hier kommt die PTA.«
»Das war gut«, lobte der Steuermann. »Wir befinden uns somit auf Werksgelände. Jetzt holen wir Fackeln.«
Fast unmittelbar in der Einfahrt war ein Lastwagen abgestellt. Seine Reifen waren platt. Die Fahrerkabine stand auf. »Halt dich die Wand entlang«, rief Kabip. »So bekommen wir am sichersten Überblick.«
Das Fackellicht flackerte über Türen. Fast alle waren verschlossen. Später kamen sie an einem übergroßen Aufzugsschacht vorbei. »Da sind mehrere Ebenen untereinander«, sagte Kabip. »Den Lift kriegen wir niemals in Gang. Aber es muß eine Nottreppe geben.«
Die Halle, in Beton, Stahl und Aluminium, erstreckte sich weit in den Hügel. Sie mußten zwischendurch umkehren, um neues Fackellicht zu holen. Abermals kamen sie an dem Laster in der Einfahrt vorbei. »Gib mal her«, verlangte Kabip und leuchtete mit dem Holzrest ins Führerhaus. »Da«, rief er, »der Schlüssel steckt noch in der Zündung. Mehrere hängen mit am Bund. Weißt du was, wir nehmen uns erst den Wagen vor.«
Sie kamen mit frischen Fackeln zurück. Der Lastteil hinter dem Fahrerhaus bestand aus einem hohen

rechteckigen Metallblock, seitlich und hinten mit Rollos verschlossen. Oci versuchte das Rollo an der Rückseite hochzudrücken. Es bewegte sich nicht. »Wenn wir Glück haben, paßt einer von den Schlüsseln in der Fahrerkabine«, meinte Kabip. »Hier unten siehst du das Schloß. Hol die Schlüssel aus der Zündung.«
Der zweite paßte. Das Rollo ließ sich mit einem Ruck nach oben schieben. Mehrere Gefache kamen zum Vorschein. Kabip zog eins heraus. »Sieh dir das an«, rief er. »Wer sagt's denn, Schaufeln, Kreuzhacken. Alles in Plastik verschweißt, jedes Stück so gut wie neu. Mach zu, was ist in den anderen Fächern?«
Sie zogen Fach für Fach auf. Bügelsägen, Kabel, Scheinwerfer, Vorschlaghämmer, eine Holzaxt.
»Kabip, he, was ich hier habe!« schrie Oci. »Eine Nivellierlatte, genau so eine nehmen wir im Werk zu Vermessungsarbeiten. Und ein Meßband, ein Winkelprisma, Kompaß, eine Schlauchwaage. Das ist eine ganze Vermessungsausrüstung.«
»Ich sehe jetzt klar«, sagte Kabip. »Das ist ein Materialwagen. Das ganze Ding hier im Berg ist ein riesiges Depot. Auf, Junge, jetzt die Rollos an den Längsseiten.«
Sie nahmen sich die linke Fahrzeugseite zuerst vor. »Unglaublich«, staunte Kabip. »Generator, da steht es. Siehst du das Schild? Ein Stromerzeuger, Kabeltrommel, Flutlichtstrahler. Es ist alles beieinander. Sicher stecken irgendwo auch die Ölkanister für den

Generator. Denk dir, Junge, das steht seit dem Großen Glitch hier, unberührt! Halt, da haben wir genau das Richtige. Das kenne ich. Starklichtlaternen. Die gehen mit Petroleum. Streichhölzer daneben. Ich werd' wahnsinnig. Alles in Plastik verschweißt.«
Kabip riß mehrere Gefache hintereinander auf. »Wo ist das Petroleum?« Er sprang von der Leiter, faßte an seinen Knöchel und winkte Oci ungeduldig zur anderen Wagenseite. Das Rollo schnappte, und im Handumdrehen hatte Kabip seinen Kanister gefunden. »Na«, rief er, »du sagst ja gar nichts! Gibt dir das keinen Kick?«
»Ich stehe ja nur dabei«, entgegnete Oci gereizt. »Sie wollen doch alles selber machen, Mister Kabip.«
»Ach was«, sagte Kabip aufgeräumt. »Wir machen Arbeitsteilung. Ich nehme die Starklichtlampe und den Sprit, setze mich nach draußen und bringe das Ding in Gang. Du kannst inzwischen rauslegen, was wir fürs Boot brauchen. Säge, Handbeil, du weißt schon was.«
Oci steckte eine neue Fackel an und ging zur gegenüberliegenden Wand. Auch hier reihte sich Tür an Tür. Eine führte in ein gläsernes Gehäuse. Der Innenraum war mit hellem Teppichboden ausgeschlagen. Verstreut lagen Papiere herum. Es roch muffig, aber die Luft war trocken. Die Geräte waren wohl Fernsehmonitore, Oci kannte sie aus dem Werksmuseum. Regale mit Büchern, Tabellen, Zahlenreihen. An der Rückseite des Büros war eine Landkarte quer über die Wand gespannt. Oci beugte sich vor. Ein brennender Span

fiel von dem Fackelholz, Papier flammte. Erschrocken drückte sie es aus. Es tat gemein weh. Sie schlenkerte die Finger, lief hinaus, stieß die Fackel auf den Boden, trat die Funken aus und tappte im Dunkeln zurück ins Büro, um sich zu vergewissern, daß kein Brandrest geblieben war. Dann tastete sie sich durch die Halle auf das helle Türlicht zu.
Kabip kniete zwischen aufgerissenen Folien am Boden. »Gut, daß du kommst«, rief er ihr entgegen. »Stell dich an meine Seite, dann erkläre ich dir, wie die Lampe funktioniert. Man füllt den Brennstoffbehälter auf. Pumpt Luft dazu. Der Behälter bekommt Druck, es entsteht Gasgemisch. Das steigt hier in den Vorwärmer. Wenn ich ein Streichholz vor den Schlitz halte, öffnest du das Bodenventil, und sowie der Glühkörper oben Licht faßt, schalte ich den Vorwärmer aus. Keine Angst, es hört sich komplizierter an als es ist!«
Gleich beim ersten Versuch brannte die Lampe. Sie gab ein grelles, grünweißes Licht. »So«, sagte Kabip, »jetzt können wir uns den Laden mal richtig begukken.«
»Im Wagen ist der Stromerzeuger«, erinnerte Oci. »Warum nehmen wir nicht den und machen elektrisches Licht?«
»Wenn du den Generator meinst«, brummte Kabip, »klar, unter Umständen bekommen wir den in Gang. Dazu müßten wir aber die ganze Maschine auseinandernehmen, die Schmierstellen überprüfen und alles wieder zusammenbauen. Das wären Stunden. Wir

überlassen das lieber den Werkstechnikern, wenn die den ganzen Kram aufladen. Wir machen erst mal Bestandsaufnahme.«

Sie verbrachten Stunden im Depot. Stockwerk für Stockwerk untereinander erstreckten sich Lagerhallen für technisches Material, Handwerkszeug, kompliziertes Gerät. Sie kamen an Radlagern vorbei, Bulldozern, Werkzeugregalen, Generatoren, Motorsägen, kompletten Fernsehübertragungssystemen, gestapelten Schlauchbootpackungen. Außenbordmotore lagerten daneben. »Beim Großen Glitch, so ein Ding geht mit«, rief Kabip. »Ich nehme ihn auseinander, schmiere neu ab. Wir montieren ihn an unser Bootsheck und rauschen los, die Küste entlang, bis wir im Werk sind. Wie findest du das?«

»Bekommst du den Motor wirklich zum Laufen?« fragte Oci.

»Aber sicher, mein Kleiner.« Kabip lachte. »Ich versteh mich auf Motoren. Früher bin ich mal Lastwagen gefahren. Die mit Holzgeneratoren, du kennst die stinkenden Dinger. Mensch, ich fasse das nicht. Die haben hier wohl ein Dutzend Außenbordmotore sitzen! Einen kriege ich hin, und wenn ich mich drei Tage dransetze. Und wenn ich daran denke, was hier unten noch alles steckt!«

Kabip besichtigte das Büro auf der oberen Ebene. Auf einem Schreibtisch entdeckte er mehrere lose Sicherheitsschlüssel. Zwei davon an einem Ring.

»Es ist eine Zahl eingestanzt«, stellte er fest. »A 17,

lese ich. Das sehen wir uns an. Die Zahlen stehen links oben an den Türen. A17, wahrscheinlich ist das auf dieser Ebene.«

»Ich nehme die Landkarte ab«, sagte Oci. »Sie ist auf Folie gedruckt und völlig erhalten.«

»Dann mach aber schnell«, forderte Kabip. »Was willst du jetzt mit der Karte? Wir haben jede Menge anderer Dinge vor. Nachher legen wir einen Arbeitsplan fest.«

»Ich will wissen, wo wir sind«, beharrte Oci. »Wie wollen wir unseren Kurs planen, wenn wir nicht mal die Position hier kennen?«

Oci löste die Folie, und Kabip leuchtete. »Da«, rief er, »das muß unser Standort sein. In dem Kreis, siehst du?«

»Erstens, ja, ich habe es gesehen«, sagte Oci spitz. »Zweitens, deswegen nehme ich die Karte mit. Ich habe Kartographie gelernt und mit fünfzehn Punkten abgeschlossen, Mister Kabip!«

»Na, sei doch nicht gleich eingeschnappt«, lachte der Steuermann und knuffte sie.

»Verdammt, laß das«, fauchte Oci. »Ich hab's bis oben satt. Du bist ganz verrückt mit dem Kram hier. Ich laufe mit, trotte nebenher, hör mir dein Gerede an und darf dumm fragen. Meinst du, das macht Spaß? Okay, wir haben das Zeug gefunden, das Werk wird alles kassieren. Mich interessiert, daß wir jetzt Säge und Axt haben und unser Boot seeklar kriegen können. Mir genügt das vollauf. Aber du drehst doch durch, merkst du das nicht?«

»Langsam«, warnte Kabip. »Ich habe dich reden lassen, aber jetzt reicht's. Ich bin Teamleader. Ich bestimme, was gemacht wird.«
»Ja, das merke ich«, schrie Oci ihn an. »Ständig läßt du den Vorgesetzten raushängen. Ich bin der Kleine, der Junge, und wenn ich unbedingt will, auch Mädchen. Dann begrabbelst du mich von hinten!«
»Jetzt kein Wort mehr, verstanden«, sagte Kabip. »Ich will nichts von dir. Du hast den Laden hier aufgetan, deswegen ist die Sache für mich erledigt, und ich hänge sie dir nicht an. Also los jetzt, nimm die Karte, wir suchen A 17, setzen uns ins Freie und planen.«
Oci schluckte. Blöder *Leuko,* dachte sie. Wenn bloß Mjuda da wäre. Dann ginge mir der Mann nicht so auf den Nerv.
Sie hatten A 17 bald ausfindig gemacht. Die Schlüssel paßten, stählerne Doppeltüren führten in den Raum. Das starke Licht leuchtete die Wände grell aus. Sie waren auf den Sprengraum gestoßen. »Dynamit, Plastiksprengstoff«, erklärte Kabip halblaut. »Nimm du die Lampe und bleib draußen stehen. Aber paß auf, du darfst die Lampe nicht verkanten. Du mußt sie gerade halten. Sonst gibt es einen Paff, und wir stehen im Dunkeln. Oder wir fliegen durch die Decke.«
Oci beobachtete, wie Kabip an den Regalen vorbeiging, den Hals vorstreckte, die Beschriftungen las. Er bückte sich, griff in ein Fach und holte etwas hervor, das wie ein kurzes Gewehr aussah. Er riß es aus der Folie, hängte es um. »He, da liegen Leuchtpistolen«,

verkündete er. »Wenn wir die nicht gebrauchen können! Ich nehme gleich zwei, einen Packen Munition und noch eine von den Maschinenpistolen.«
Den Rest des Tages verbrachten sie draußen in der Einfahrt. Oci hatte die brennende Lampe auf einem hochgekanteten Leerfach neben dem Materialwagen abgesetzt und Decken und Plastikplanen mit vor die Tür genommen. Sie studierte die Karte, während der Steuermann die Waffen und Leuchtpistolen auseinandernahm, reinigte, ölte. Er summte vor sich hin und fragte nach einer Weile: »Du hast doch deine Grundausbildung?«
»Ja«, erwiderte Oci, »bei der Werksjugend.«
»Komm her«, sagte er. »Ich erkläre dir das Schießding. Du mußt damit umgehen können. Wer weiß, in was für eine Lage wir kommen.« Er hielt ihr das Sturmgewehr entgegen. »Also, das Gewehr ist ein wenig länger als dein Arm. Achtzig Zentimeter, würde ich sagen. Es wiegt so gut wie nichts. Da, halt mal, nimm es in die Hand.«
Oci nickte, die Waffe war erstaunlich leicht. Die Gewehre auf dem Schießplatz im Werksgelände mußten gut das Doppelte wiegen.
»Das Magazin«, zeigte Kabip, »achtzig Schuß. Ich habe nachgezählt. Hier klickt es rein.« Er nahm die Waffe Stück für Stück auseinander und legte die Teile der Reihe nach auf die Plastikplane. »Da stellst du ein. Einzel- oder Mehrfachschuß oder Schnellfeuer. Das ist unheimlich gut gemacht. So, jetzt bist du dran. Du setzt

das Ding wieder zusammen, ich helfe dir. Dann gehen wir ans Ende der Schneise und halten das Gewehr irgendwo drauf.«

Er nahm das Gewehr, drückte Oci die Signalpistole in die Hand und steckte die Overalltaschen voll Magazine. Dann gingen sie durchs Gebüsch hinunter in Richtung Strand.

»Stell dich ein Stück weg«, rief Kabip, »für den Fall, daß das Ding auseinanderfliegt. Paß auf, ich stelle auf Einzelschuß.« Er visierte einen Baum an und zog ab. Es gab einen trockenen Knall. Sie konnten nicht ausmachen, ob die Kugel getroffen hatte.

Oci legte ein Stück Schwemmholz auf einen rundgewachsenen Felsen. »Geh zur Seite«, hörte sie Kabip. »Wegen der Querschläger. Noch weiter! Ja, gut.« Oci sah den Sand vor dem Stein aufspritzen. Beim zweiten Schuß fetzte das Holz auseinander.

»Das ist vielleicht ein Ding!« schrie Kabip ihr zu. »Fast rückstoßfrei, du merkst erst nach dem dritten Schuß einen winzigen Schlag. Es zieht auch nicht weg. Komm zurück, ich puste mal das Magazin auf Schnellfeuer aus.« Er richtete das Sturmgewehr auf die vorgelagerte, mit Vögeln bedeckte Sandbank und zog durch. Das Gewehr schnorchelte, Oci sah Federn fliegen, Austernfischer und bunte Brandgänse durcheinanderwirbeln. Kreischend flog der Schwarm auf. Auf dem Sand flatterten Vögel im Todeskampf.

»Das ist unser Abendessen«, rief Kabip durch den Vogellärm. Er steckte ein neues Magazin nach und

hielt mitten in die Flatterwolke. Vögel zerrissen in Stücke, trudelten ins Watt. Der Wind wehte blutiges Gefieder ins Strandgras. Oci wollte zur Wattenbank waten, aber Kabip hielt sie zurück. »Jetzt du«, sagte er. »Probier mal. Das ist echt scharf, wenn das Ding in der Hand lebendig wird.«
Die Waffe war warm, der Griff schweißfeucht. Oci spürte Widerwillen in sich aufsteigen. Aber da war noch etwas anderes, ein Drang, ein erregendes Gefühl. Sie riß das Gewehr hoch. Am Dünenrand flippten Sandwölkchen.
Sie verschossen in kurzer Zeit die ganze Munition. Holz und Steine splitterten, zwei Kaninchen verendeten unter Feuerstößen, Federn flogen. Ocis Gesicht glühte. Draufhalten und fetzen, scharf, präzise, tödlich.

Am nächsten Morgen machte sich Kabip an den Außenbordmotor. Oci ging mit einem Depotrucksack, Karte und Leuchtpistole zum Südstrand. »Passiert was, jagst du ein Signal hoch«, sagte Kabip. »Notfalls kannst du dich mit dem Ding auch verteidigen. Sieh zu, daß du nachmittags wieder hier bist.«
Am Südstrand las Oci die Karte, prägte sich die wichtigsten Einzelheiten ein. Haard-Depot, das war ihr Standort. Der Hügel hinter ihrem Rücken hieß Stimmberg. 157 Meter über Normalnull. Vor dem Großen Glitch waren hier Städte gewesen. Sie versuchte die Namen zu buchstabieren: Recklinghausen, Wanne-Eickel. Es las sich beinahe wie Afrikaans, dachte Oci.

Die Sprache, die man früher in Asania gesprochen hatte, bevor Südafrika Werksgelände der PTA geworden war.
Oci streifte mit dem Blick übers Wattenmeer. Es war Ebbe. Graugrüne Priele zogen durch den Sand. Essen, Oberhausen, buchstabierte sie weiter. Noch zwei Städte, südwestlich im Schlick begraben. Sie versuchte sich vorzustellen, wie viele Menschen da früher lebten. Millionen, hatte Kabip gemeint. Die Zahl blieb unwirklich. Man müßte wissen, wie sie gewohnt hatten, müßte ihre Häuser sehen, die Autostraßen, die hier entlangliefen.
Oci zog die Leinenschuhe aus, betrachtete stirnrunzelnd die abgeribbelten Sohlen und grub die Zehen in den Sand. Irgendwann, genau an dieser Stelle, hatte vor dem Großen Glitch auch ein Mädchen gesessen, malte sie sich aus. Wie alt ist sie? Fünfzehn Jahre, so alt wie ich. Was hat sie an? Lebt sie in der Nähe? In welcher Stadt? Recklinghausen. Oci fiel das runde Metallstück ein, das Kabip im Tang gefunden hatte, Geld. Benutzte das Mädchen solche Dinger? Was machte sie damit, wie kam sie daran? Über die Schule? Oder die Verwaltung? Keine Ahnung. Jetzt sitzt sie im Auto, am Steuer, zieht den Wagen durch die Kurve. Es macht irren Spaß. Ihre Freundinnen sind dabei. Sie lassen den Wagen in den Dünen, rennen durch den Sand, schwimmen. Warm ist es.
Da war doch gar kein Meer, erinnerte sie sich, nicht mal Landschaft hatten die! Eher Wolkenkratzer, Himmels-

kratzer, Raumkratzer. Oci fiel nichts mehr ein. Ich mag dieses Mädchen nicht, entschied sie. Welchen IQ hatte die überhaupt? Bestimmt nicht genug für eine Praktikumsstelle auf irgendeinem Werksschiff. Wo wird die Schulverwaltung sie hinstecken? Meinetwegen zum Straßenbau. Was läßt sie sich auch so hängen. Nein, das ist nicht fair, Straßenbau ist zu hart, überlegte Oci. Sie soll auf eine Werksfarm. Da sitzt sie gut, bei den Erdnüssen. Oder in der Methanolanlage.

Oci zog den Rucksack zu sich. Was für eine Farbe das Ding hat, dachte sie. Orangerot, wie Melonenfleisch. Daß man damals solche Farben erlaubt bekam! Sie stellte sich vor, sie würde mit so einem warnorangeroten Paket auf dem Rücken übers Werksgelände laufen. Die Leute würden sie anstarren, und eine halbe Stunde später säße sie beim Werksschutz. Nein danke, lieber nicht.

Oci zog die Leuchtpistole aus der Außentasche und rieb den Lauf am Overall blank. Sie spielte am Abzug, entsicherte, nahm Ziel auf einen Eisenträger im Watt, zog ab. Das rote Kugellicht flipperte über die Priele und Sandbänke und fuhr mit einer Spritzfontäne ins Wasser. »Das ist unser Kurs, zweiter Steuermann«, sagte sie laut. »Süden. Ein zweites Mal kriegst du mich nicht mehr hoch, Mister Kabip. Du bist zwar ziemlich *leuko,* aber dein IQ geht okay. Du bringst mir einen Haufen Punkte für die Datenbank.« Oci schnüffelte an der Pistolenmündung, spürte wieder den heißen Stich, sicherte und packte die Pistole zurück in den Rucksack.

Sie legte sich auf den Bauch, blies Sand von dem Kartenblatt. Dortmund, das muß drüben gewesen sein, im Südosten. Hinter der Kimm war das Bergland, von dem Kabip gesprochen hatte. Sauerland, stand breit über dem Kartenabschnitt. Städtenamen waren zwischen den Bergen ausgedruckt. Nein, bis dahin konnte kein Wasser stehen. Nach der Karte, sagte sich Oci, befinde ich mich an dieser Stelle schätzungsweise auf einer Höhenlinie von achtzig Metern. Das scheint auch die Hochflutgrenze zu sein. Da sind die Ribbelmarken. Jetzt die Karte: Wuppertal 146, Solingen 224 Meter, und hier Lüdenscheid ist sogar mit 420 Metern ausgewiesen. Da muß es einfach Leute geben. Einige müssen den Großen Glitch doch überstanden haben. Und jetzt könnten wir sie finden. Ich möchte bloß wissen, ob Kabip seinen Motor zum Laufen gebracht hat.

Kabips Hände waren über und über mit Öl beschmiert, aber der Motor funktionierte tatsächlich. Sie manövrierten das Boot an den Weststrand unterhalb vom Depot und luden ein, was sie für ihre Erkundungsfahrt zum südlichen Bergland brauchten: Sägen, Äxte, Sturmlaternen, Planen, Verbandszeug, Halteseile, ein Satz Bordwerkzeuge, zwei Sturmgewehre, Signalpistolen, Munition, mehrere Treibstoff-, einen Wasserkanister. »Eigentlich könnten wir gleich ab ins Werk damit tuckern«, bemerkte Kabip grinsend. »Nur, seetüchtig sind wir noch lange nicht.«
»Und Proviant fehlt. Ich traue auch dem Motor nicht«,

meinte Oci. »Stell dir vor, wir sind auf See und dem geht die Puste aus.«
»Segel müssen her«, stimmte Kabip zu. »Die müssen wir unbedingt irgendwo auftreiben.«
Sie liefen zwei Stunden vor der höchsten Flutmarke aus. Der Motor schnurrte, leichter Landwind blies ihnen entgegen. Oci verfolgte fasziniert den langen Schaumstreifen, den das Boot hinter sich herzog. »Wir haben es sauber getrimmt, es liegt gut«, schrie Kabip vom Bug her. »Wir müssen nur aufpassen. Sieben kW stecken in dem Motor, das gibt Schwingungen im Holz, und unser Boot ist dafür nicht gebaut.« Er riß mit den Zähnen große Stücke Bratenfleisch von einem Entenschenkel, kaute, schluckte, nagte den Knochen sauber und rief zwischendurch: »He, Junge, wir bekommen Land über der Kimm. Dein Kurs liegt gut.«
Oci musterte den dunklen Schatten am Himmelsrand. Großer Glitch, was für ein Abenteuer. »Wenn wir die *Nhlakanifo* im Werkshafen wiedersehen«, rief sie Kabip zu, »was werden die Augen machen. Dann fangen wir an und erzählen! Mjuda wird sauer sein, daß sie nicht mit ins Boot gefallen ist!«
Kabip lachte breit. »Die Werksleitung wird uns den IQ-Scheck raufsetzen, da bin ich sicher.« Er klopfte gegen seine Brusttasche mit dem Graubuch. »Kennst du die Stelle über Raumfahrt? Auswendig, meine ich. Das Kolumbuszitat?«
»Aus dem Kopf kann ich es nicht«, sagte Oci. »Aber ich weiß, welche Stelle du meinst.«

»Mann, was lernt ihr nur in der Schule«, rief der Steuermann durch den Vogellärm. »Ich konnte das Zitat im Schlaf hersagen, als ich so alt war wie du: ›Jede Zeit wird ständig weitere Entdeckungen machen, neue Siege erringen. Unter den Kapitänen der interstellaren Raumschiffe wird manch ein Kolumbus sein, der mit der Botschaft heimkehrt: Wir haben eine neue Welt entdeckt!‹ Also, ich habe das Gefühl, die Stelle paßt auch auf uns.«

Die Hügelkette am Horizont hatte inzwischen Formen angenommen. »Steuermann, bis Mittag legen wir an«, schrie Oci nach vorn. Kabip kletterte über Gepäckstücke, Kanister und Rucksäcke zu ihr ins Heck. »Laß mich mal wieder«, sagte er. »Geh in den Bug und ruf aus, wenn sich das Wasser ändert.«

Sie wechselten die Plätze, und Oci übernahm den Ausguck. »Seehunde«, meldete sie. »Eine ganze Gruppe zieht steuerbord querab.«

»Die haben die beste Leber, die du dir denken kannst«, erklärte Kabip und schmatzte. »Hast du das mal gegessen? Nein? Junge, da ist dir was entgangen. Mir läuft das Wasser im Mund zusammen.«

»Backbord voraus Brandung«, sang Oci aus.

»Shit, das ist ziemlich weit vor Land«, knurrte Kabip. »Oder sind es Klippen, die Schaum ziehen?«

»Nein, es ist die Brandungslinie. Ich kann sie genau verfolgen«, rief Oci zurück.

»Okay«, antwortete Kabip, »dann drehe ich langsam bei, und wir fahren entlang, bis du ein Loch siehst.«

Von ihrem Beobachtungsplatz aus konnte Oci nun einzelne Baumwipfel unterscheiden. Wie eine grüne Mauer kam das Land auf sie zu. Kabip gab mehr Gas, als das Boot von der Flutströmung gegen Land gezogen wurde.
»Siehst du noch immer nichts?« rief er. »Sonst drehe ich lieber nochmal auf See zu.«
»Doch, dahinten!« Oci wedelte mit den Armen. »Da ist ein Loch in der Brandung, ein großes, würde ich sagen. Zwischen den beiden Hügelrücken, die zur See abfallen. Backbord voraus.«
»Es wird ein Fluß sein«, bestätigte Kabip mit hochgerecktem Hals. »Dann schlagen wir einen Bogen über See und laufen gerade mit der Flut hinein.«
»Mehr steuerbord«, brüllte Oci. »Da kommt anderes Wasser. Ruder steuerbord!«
»Langsam«, bremste Kabip. »Ich kann mit dem kleinen Ding nichts riskieren. Ich möchte nicht, daß uns der Motor vom Heck springt.«
Oci betrachtete das Ufer. Zu beiden Seiten war es bis ans Wasser mit Gebüsch und Strauchwerk bewachsen. Darüber erhob sich Wald, undurchdringlich. Sie konnten das Boot an Land bringen, okay. Aber einladend sah die Gegend nicht aus.
»Kleine Fahrt, Steuermann«, gellte sie plötzlich. »Sandbänke im Fluß. Sie liegen in Stromrichtung.«
Kabip riß im letzten Augenblick den Motor herum, und das Boot machte eine scharfe Kehre aufs Ufer zu. »Das hätte ins Auge gehen können«, preßte Kabip hervor.

»Drüben, da fließt ein Bach zu. Wir halten dorthin und legen an. Das Wasser ist mir zu gefährlich.«
Nur wenig bachaufwärts fanden sie einen Anlegeplatz. Das Wasser hatte eine kleine Bucht ausgewaschen, das Ufer schien fest. »Okay«, entschied Kabip. »Nimm die Leine und vertäue das Boot drüben im Wurzelwerk. Später laden wir aus.«
»Wozu?« fragte Oci. »Das können wir uns doch sparen. Oder wollen wir etwa hier bleiben?«
»Wir schauen uns erst im Gelände um«, erklärte Kabip. »Und morgen marschieren wir vielleicht ein Stück flußaufwärts. Unsere Sachen lassen wir jedenfalls nicht zur Selbstbedienung im Boot. Wir sind nicht auf dem Werksgelände, Junge. Komm, wir suchen nach einem Platz, wo wir die Sachen unterbringen können.«
Oci lud das Boot aus, als Kabip nach ihr rief: »He, bring das Handbeil. Verdammt, sind das eklige Ranken! Hier war mal ein Haus oder so was ähnliches.«
Ein Wohnhaus? fragte sich Oci. Jedenfalls ein Gemäuer noch aus der Zeit vor dem Großen Glitch. Bäume schoben sich durch die auseinanderbröckelnden Mauern. Sie hatten die Fundamente gesprengt. Wurzeln umkrallten das Ende eines hochstehenden, verzogenen Aluminiumblechs. Über niedergebrochenen Fenstersimsen wucherten Holunder und Schafgarbe. Haarige, violettblühende Staudengewächse verbreiteten einen widerlichen Geruch. Oci hielt die Luft an. Kabip blickte sie an und lachte: »Tja, schön sieht es hier nicht aus. Da gebe ich dir recht. Hinterm Haus ist

ein zweiter Eingang. Da kommen wir ins Innere.« Er nahm ihr das Beil aus der Hand und hieb die Türöffnung am Hinterhaus von Brombeerranken frei, duckte den Kopf unter die schiefhängende Decke und rief: »Also, auf jetzt.«
Oci folgte. Ganz unvermittelt hatte sie eine unsinnige Angst davor, sich die Beine zu brechen oder die Füße zu verletzen. Zerfranste Kabelreste ringelten aus schimmeligen Wänden. Laubreste und aufgebrochenes Gestein bedeckten den Boden, dazwischen wuchsen Brennesseln. Im Hintergrund bemerkte Oci die schwarzen, zotteligen Umrisse von Fledermäusen unter dem Deckensturz.
»Was stehst du da und ziehst ein Gesicht?« fuhr Kabip sie an. »Fein, daß du das mal mitkriegst. So sähe es auch auf dem Werksgelände aus, wenn nach dem Großen Glitch die Leute von der PTA nicht die Ärmel hochgekrempelt hätten. Die Natur, Junge, die ist brutal. Was wir nicht gegen sie verteidigen, holt sie zurück. Du solltest dein Graubuch besser kennen. Es steht alles drin. ›Wissenschaftlicher Fortschritt bedeutet Kriegführung!‹ Kriegführung gegen wen? Was meinst du wohl? Gegen diesen grünen Glibber. Mobilmachung gegen die Natur. Entweder sie oder wir, das ist eine eindeutige Sache. Du siehst, was wird, wenn Menschen das vergessen!«
Sie montierten den Außenbordmotor vom Heck, sicherten ihn mit einer Plane und schleppten ihn ab, packten Leuchtpistolen, Munition, Decken und Planen

in ihre Rucksäcke, legten die beiden Sturmgewehre auf den Uferrand und trugen die restlichen Dinge zu dem baumdurchwachsenen Gemäuer. Oci stieg gerade mit einer Seilrolle auf den Uferrand, als sie etwa zwanzig Schritt entfernt einen Menschen bemerkte. Er trug ein kittelartiges Gewand, das Haar hing ihm offen über die Schultern.

Es muß ein Junge sein, sagte sie sich, und er hat ein hellhäutiges Gesicht. Er schaute ihr schweigend zu. Oci blieb auf der Stelle stehen, drückte die Seilrolle an sich und rief in Richtung des alten Hauses: »He, Steuermann, da ist jemand. Ein Mensch!«

Der Junge lächelte, warf den Kopf zurück, hob die Hände und nickte ihr zu.

Wo blieb Kabip? »Jemand beobachtet uns«, schrie sie und ließ den Fremden nicht aus den Augen. Der kam, auf Zehen, wie ihr schien, näher und blieb stehen, als er den Steuermann auftauchen sah.

»Beim Großen Glitch«, sagte Kabip, »es muß ein Einheimischer sein. Er hat uns beobachtet? Mir gefällt das nicht.« Er ging geradewegs auf den Jungen zu und baute sich vor ihm auf. »Wer bist du?« fragte er. »Was schnüffelst du hier herum?«

Ein Kolkrabe erhob sich flügelschlagend aus dem Geäst einer Eiche und flatterte dicht über sie weg. Der Junge antwortete mit schnellen, weichen Worten. Er blickte von Kabip zu Oci, ein kaum wahrnehmbares Blinzeln in den Winkeln seiner Augen.

»Verdammt schwül hier«, bemerkte Kabip und wischte

mit dem Handrücken Schweiß aus seinen Stirnfalten. »Verstanden habe ich übrigens kein Wort, du etwa?«

»Es klingt anders als unser Werksenglisch«, meinte Oci, »aber irgendwie ist es die gleiche Sprache.«

»Dann versuch du es«, forderte Kabip sie auf, ging zum Rucksack und bückte sich nach dem Gewehr.

Der Junge spielte mit den Fingern im Haar und blickte Oci forschend an. »Wir sind Werksangehörige der PTA«, erklärte sie und versuchte deutlich zu sprechen. »Ich bin Oci, das da ist Kabip. So heißen wir. Wir kommen von einem Schiff. Wer bist du?«

»Ich bin André«, antwortete er und trat einen kleinen Schritt zurück. »Farbige Leute wie euch habe ich noch nie gesehen.«

»Versuch herauszubekommen, ob er jemand bei sich hat. Vielleicht steckt der ganze Busch voll mit Wilden«, warnte Kabip und schwenkte das Gewehr in Richtung der Bodenwelle. Oci spürte die Andersartigkeit des Jungen. Das Gesicht spiegelte unverhüllt seine Gefühle, Verwirrung, Neugierde, fragende Teilnahme. Kabip stieß sie an. »Nun los, rede. Sieh zu, daß du Informationen kriegst.« »Bist du allein?« erkundigte sich Oci. »Oder sind noch andere von euch in der Nähe?«

André deutete mit dem Kopf über den Wald. »Sie sind am Strand und kochen Salz. Wir haben euer Schiff gesehen, als ihr über die See kamt.« Er bohrte die Spitze seiner Bastsandale ins Gras, hob den Kopf und sah Kabip an. »Warum redest du nicht mit mir?« fragte er. »Ich kann dich doch auch verstehen.«

»Wie du redest, klingt ungewohnt für uns«, erklärte Oci. »Manche Worte sprichst du anders aus.«
»Also, was ist?« erkundigte sich Kabip. »Ich bekomme nicht alles mit. Es stecken noch mehr von seiner Sorte hier?«
»Ja, unten am Strand, sagt er«, antwortete Oci. »Sie arbeiten im Salz, wenn ich das richtig mitbekommen habe. Er will wissen, warum du nicht mit ihm sprichst.«
Kabip brummte. »Sag ihm, er soll uns zu seinen Leuten bringen. Er geht voraus, du nimmst das Gewehr und hältst dich dicht hinter ihm. Paß auf die rechte Seite auf, ich sichere nach links.«
Sie schulterten ihre Rucksäcke, und Oci bedeutete André, ihnen vorauszugehen. Er bewegte sich mehr gleitend als schreitend, ging mühelos zwischen Strauchwerk, durch Ranken, unter Ästen durch den Wald. Sie hatten Mühe, ihm zu folgen. Am Uferwaldrand wartete er auf sie. Auf seiner Schulter saß der Kolkrabe aus der Eiche. Als Kabip und Oci herankamen, flatterte er hoch und stürzte sich auf den Rucksack des Steuermanns, bearbeitete das gelbrote Gewebe mit seinem Schnabel. Oci sah, wie Kabip sich bemühte, das Tier abzuschütteln, und kicherte. Er wirbelte im Kreis, schimpfte, griff mit den Händen über sich und stampfte vor Wut.
André sprang herbei. »Kolja, nun Schluß«, rief er und stieß den Raben mit der flachen Hand fort. Der verschwand, schüttelte aber triumphierend einen Fetzen Stoff.

»Laß dich nicht wieder in meiner Nähe blicken«, bellte Kabip ihm nach. »Piß ab, du Rotzvieh. Und du«, schnauzte er Oci an, »laß dein idiotisches Gekicher.«
Sie drückten sich durch das Gebüsch einer Landzunge, und André wies den Strand hinauf. Vier Leute arbeiteten gebückt in rechteckigen Wasserbeeten. Ein riedbedeckter Verschlag stand in Waldnähe, und rauchloses Feuer brannte unter einem Kupferkessel.
Kabip blieb stehen, pustete und kniff die Augen zusammen. »Du hast recht, sie arbeiten im Salz«, sagte er zu Oci. »Das ist ein Salzgarten, in dem sie Meerwasser verdampfen lassen. Bei uns auf dem Werksgelände haben wir ähnliche Anlagen. Natürlich ist das hier entschieden primitiver. Na, ich denke nicht, daß uns die paar Leute gefährlich werden können. Ob ihnen zu trauen ist, muß sich aber erst zeigen. Also, du redest mit ihnen. Mich macht das ganz kribbelig, wenn ich die komische Sprache von dem Jungen höre.«
»Sie kommen uns entgegen«, sagte Oci. »Was soll ich fragen?«
»Erkundige dich nach einer Stadt in der Nähe. Einfach, ob es irgendwo im Umkreis Menschen gibt. Du weißt, wir brauchen Proviant. Dann Segeltuch. Ohne das kommen wir nicht weg. Um die beiden Sachen geht es.«
Eine ältere Frau, zwei jüngere und ein bärtiger Mann, alle ähnlich gekleidet wie André, kamen auf sie zu. Sie trugen ihre Haare offen, lang, mit Zöpfen durchwirkt. Sie blieben in einiger Entfernung stehen, bewegten sich

kaum, beobachteten. Der Junge lief zu ihnen. Eine von den Frauen fuhr ihm durchs Haar, die anderen lachten, schüttelten den Kopf. Dann schauten sie wieder zu Kabip und Oci hinüber.

Oci ging auf die Gruppe zu. Sie fühlte sich verlegen und wußte nicht, wen sie ansprechen sollte. Schließlich wandte sie sich an die Frau neben André und erklärte langsam, daß sie Leute suchten, die ihnen Proviant und Segeltuch überließen. »Wir haben unser Schiff verloren, die *Nhlakanifo*«, setzte sie hinzu und wies über das Meer. »Wir kommen jetzt von einer Insel. Sie liegt hinter dem Horizont. Der Mann dahinten ist Kabip, der zweite Schiffssteuermann. Ich heiße Oci. Könnt ihr uns helfen?«

Die Leute sprachen miteinander, atmeten tief, berührten sich. Eine Frau streckte die Hand aus und strich über die schwarze Haut von Ocis Arm. »Ich bin Ev«, sagte sie und legte die Hand auf ihre Brust. Sie schaute Oci in die Augen und lächelte ihr zu. »Du sprichst Interlingua, ich verstehe dich. Dein Name ist Oci. Das klingt wie –, oh, ich kenne das richtige Interlinguawort nicht. Es ist ein flauschiges Wollgras. Du findest es im Moor.«

Kabip hatte die Daumen in die Taschen gesteckt und trommelte ungeduldig mit den Fingern gegen seine Beine. »Was sagt die Frau?« wollte er wissen.

Ev schaute ihn an. »Warum setzen wir uns nicht und essen?« Sie benutzte Zeichensprache, um ihre Einladung zu unterstreichen. »Verstehst du auch Interlingua?« fragte sie den Steuermann und berührte seine Schulter. Kabip drehte sich zur Seite. »Shit«, zischte er Oci zu. »Was soll das? Sollen wir mit denen Händchen halten?«

»Ich habe jedenfalls Hunger«, erklärte Oci. Sie ließ Kabip stehen und ging mit der Gruppe. André und seine Leute nahmen sie in die Mitte, summten, lachten, legten ihre Arme um sie, nahmen ihr den Rucksack ab und trugen ihn hinüber zum Platz bei dem Kessel. Oci drehte sich um und sah, daß der Steuermann folgte. Jemand wollte ihr das Gewehr aus der Hand nehmen. »Nein«, wehrte sie ab. »Das trage ich selbst.«

Die Leute setzten sich auf die Fersen. Oci hockte sich neben Kabip. Der bärtige Weiße war in den Riedverschlag gegangen und kehrte mit einem Beutel und einer Aluflasche zurück. Jemand rührte im Kochtopf. Es roch gut, nach heißer dicker Suppe. Der Beutel ging herum, er enthielt Löffel und Brotfladen. »Ich bin Marten«, wandte sich der Mann an Oci. »Du hast gute Augen. Hier ist die Flasche, trink, koste mal.«

Oci nahm einen Schluck und hustete. Das Getränk brannte im Hals und verbreitete eine wohlige, durchdringende Wärme im Bauch. Marten lachte. »Hagebuttenwein«, sagte er. »Von Rosen«, fügte er in Interlingua hinzu, »die Früchte. Ich habe den Wein gemacht. Schmeckt er?«

Sie nickte zustimmend. Palmwein oder Reisschnaps sah man auf dem Werksgelände der PTA nicht gern. Das hier mußte etwas ähnliches sein. Mjuda und sie

hatten mit einem Werksstudenten auf der Farm mal Schnaps getrunken. Heimlich. Danach hatten sie verrückte Kopfschmerzen gehabt.
Marten bot die Flasche dem Steuermann an. Der schnupperte und winkte ab. »Du weißt, daß das Zeug nicht gut ist«, flüsterte er Oci zu. »Es ist verboten. Halt dich daran.«
»Ich wußte doch nicht, was es war«, gab sie verärgert zurück.
Die ältere Frau nahm von den Fladen, ging zu Oci und Kabip und brach ihnen das Brot. Es sah dunkel und fest aus. Oci biß ab, es schmeckte kräftig. Süße Früchte und Nüsse waren mitverbacken, aber auch etwas Herbes, das einem den Mund zusammenzog.
»Ich bin Jana«, stellte sich die Frau vor. Marten setzte sich mit gekreuzten Beinen, trank und reichte die Flasche den anderen weiter. »Du bist Oci«, sagte Jana, »der Mann neben dir heißt Kabip. Ist es so richtig?«
»Ja«, bestätigte Oci. »Und wie heißt die Frau, die im Topf rührt?«
»Das ist Lou«, gab Jana Auskunft. Ihr Gesicht war von vielen kleinen Fältchen durchzogen, sie hatte helle Haare und blaugrünliche Augen. »Seid ihr aus Afrika?« erkundigte sie sich.
»Ja«, erwiderte Oci. »Aber aus dem südlichen Teil, aus Asania. Da kommen wir beide her. PTA, Polit-Technik-Asania, heißt unser Land.«
»Du mußt mir von eurer Heimat erzählen«, bat Jana. »Wir wissen nichts von euch. Nur wie es früher in

Afrika war, vor den langen Tagen, das habe ich aus alten Büchern. Seid ihr Zulus, Buschmänner?«
»Nein«, wehrte Oci ab, »Buschleute sind wir nicht! Die leben im Werksreservat. Sie sind primitiv. Und Zulus, Bantus oder Pondostämme gibt es nicht mehr. Ich will sagen, bei uns gehören alle zur Werksbelegschaft. Die alten Stammessprachen verstehen nur noch wenige Leute.«
»Mein Großvater«, warf Kabip ein und sprach sehr deutlich, »der war ein Hottentotte. Kennst du das Wort?«
»O ja«, nickte Jana eifrig. »Hottentotten war die Bezeichnung der Europäer für sie. ›Stotterer‹ hieß das, denn die Weißen verstanden eure Sprache nicht. Warte... Khoi-Khoin, so nannten sich eure Leute, dein Großvater, stimmt's?«
Kabips Mund klappte auf. Er starrte Jana verblüfft ins Gesicht.
»Verstehst du mich nicht, wenn ich rede?« fragte Jana. Sie schaute den Steuermann beunruhigt an. »Oder habe ich etwas Falsches gesagt?«
»Nein, du hast recht«, versicherte Kabip. »Mein Großvater sagte, wir sind die Khoi-Khoin. Er war uralt, der Mann. Er erinnerte sich an alles.«
»Hat er auch gegen die Hereros gekämpft, mit den anderen Khoi-Khoin? Oder war das vor seiner Zeit?« erkundigte sich Jana.
»Woher hast du das bloß alles?« platzte Kabip heraus. Er stieß Oci in die Seite. »Junge«, sagte er, »guck dir

diese Frau an. Wie die sich auskennt! Sie spricht von den alten Zeiten vor der PTA.«

Jana lachte. »Ich interessiere mich für Afrika. Ich habe Bücher darüber gelesen. Deinem Mädchen habe ich das auch schon gesagt. Warum sagst du eigentlich Junge zu ihr? Ich sehe, sie ist doch eine Frau, oder nicht?« Jana legte den Arm um Oci. Die beiden schauten sich an und lächelten.

»Ich verstehe nicht, was du willst«, sagte Kabip. Er stand brüsk auf, ging zu dem Kessel und schnüffelte.

Lou holte einen Löffel. »Willst du abschmecken?«

Der Steuermann versuchte vorsichtig. Er grunzte anerkennend und sagte zu Oci hinüber: »Es schmeckt wie Schiffseintopf. Würziger noch, würde ich sagen.«

Lou nahm den Topf und stellte ihn mitten unter die Leute. Sie tauchten ihre Löffel ein und aßen. Die Strandleute sehr langsam, mit viel Summen, Lächeln, kleinen Ohs. Kabip und Oci löffelten stumm, aßen heißhungrig und schnell, stippten ihr Brot in die Suppe und beobachteten die weißen Leute. André sprang zwischendurch auf, blickte die beiden an, tänzelte bis an den Uferwald und kam mit krummem Buckel, starr gewinkelten Armen und staksigen Beinen, ein gewollt ernsthaftes Gesicht aufgesetzt, zurück. Er bewegte sich mit heftigen Gebärden und flatterte mit den Armen überm Kopf. Die anderen schauten zu Kabip und Oci, berührten sich mit den Händen, redeten mit ihren sanften Stimmen durcheinander und lachten.

»Ich verstehe nicht, was sie sagen«, raunte Oci dem

Steuermann zu. »Interlingua gebrauchen sie nur, wenn sie mit uns sprechen. Hast du den Jungen gesehen, die Schau, die er abgezogen hat?«

»Ich habe schon begriffen«, sagte Kabip gereizt. »Wir müssen für die Wilden irgendwie ein komisches Bild abgeben. Und dann sieh dir das an, wie sich diese weißen Buschis betun.« Er deutete mit dem Kinn auf die Strandleute, die André zu sich herunterzogen, ihn streichelten, belustigt auf ihn einredeten, laut auflachten und seine hölzernen Bewegungen nachmachten.

André hopste mit gespreizten Beinen zu Oci, stand vor ihr und spielte mit seinen Haarspitzen. »Du mußt dich nicht ärgern«, sagte er. Er sprach behutsam, hob fragend die Brauen. »Aber du und dieser Mann Kabip, ihr seht wirklich merkwürdig für uns aus.«

Kabip schnaufte, stand auf und ging zu Marten. »Wir können nicht ewig herumsitzen und auf Antwort warten, Mann«, erklärte er und kreuzte die Arme.

Marten fuhr sich durch die Haare. »Ich weiß nicht, was du willst«, sagte er. »Worauf wartet ihr?«

»Der Junge hier«, Kabip wies mit dem Daumen auf Oci, »er hat euch gefragt, ob ihr uns helfen wollt. Ob es hier eine Siedlung, eine Stadt gibt, wo wir die Sachen bekommen, die wir für unser Boot brauchen. Ach, shit, komm du her, Oci, erklär es dem Mann noch mal.«

»Nicht nötig, ich habe ja verstanden«, versicherte Marten. »Tuch für euer Boot, so wie dies?« Er zeigte auf Lous Kittel. Kabip langte an ihren Arm, zwirbelte das Tuch zwischen Daumen und Zeigefinger und

nickte. »Ja, genau so was. Oder eher noch fester. Das brauchen wir. Und Proviant. Wie euer dunkles Brot.«
»Das könnt ihr alles haben. Wir geben es euch«, sagte Jana. »Aber warum braucht ihr es jetzt, sofort?«
»Wir haben keine Zeit«, versetzte Kabip. »Wir haben einen verdammt langen Kurs vor uns. Je eher wir weiterkommen, um so besser für uns.«
»Aber wir haben die Sachen jetzt nicht hier«, erklärte Marten. »Ihr müßtet mit uns kommen. Dahin, wo wir wohnen.«
»Und wo wäre das?« erkundigte sich Kabip.
Jana musterte ihn und das Mädchen. »Wir rechnen vielleicht zwei, drei Tage. Aber es ist ein anstrengender Marsch, müßt ihr wissen. Ihr kennt den Wald nicht. Es gibt keinen Weg.« Sie schüttelte zweifelnd den Kopf.
»Was will sie sagen?« Kabip sah Oci fragend an.
»Sie meint, wir schaffen es nicht«, erläuterte Oci. Die Strandleute murmelten zustimmend.
Kabip zog ein langes Gesicht. »Und gibt es eine andere Stadt, eine Siedlung hier an der Küste?«
»Nein«, erwiderte Ev. »Genau wissen wir das allerdings nicht. Wir wohnen erst ein paar Jahre hier in den Bergen, und an die Küste kommen wir nur selten. Nur zum Salzmachen.«
Kabip blickte unentschlossen unter sich, wiegte den Kopf, blickte Oci an. »Was denkst denn du?«
»Ich finde, wir sollten es versuchen«, meinte sie. »Ich kann mir nicht vorstellen, daß sie uns unterwegs hängen lassen. Sie werden uns schon helfen.«

»Okay«, entschied Kabip. Er wandte sich an Marten: »Also, wir kommen mit. Wie lange bleibt ihr noch?«
»Morgen gehen wir zurück. Wir haben unser Salz«, sagte Marten.
»Einverstanden also«, beendete Kabip das Gespräch. Er drehte sich um und tätschelte den Gewehrkolben an seiner Hüfte. »Komm«, sagte er zu Oci. »Es kann nicht schaden, die Küste ein wenig in Augenschein zu nehmen. Unser Gepäck kann dableiben, denke ich. Wir müssen es aber vor diesem Rabenvieh in Sicherheit bringen.« Er betrachtete mißmutig die zerfetzte Verschlußkappe seines Rucksacks, hängte ihn halb über und steuerte auf das Rieddach zu. Die Strandleute starrten ihm nach. Lou kaute auf ihrer Unterlippe und atmete laut und tief.
»André, du«, begann Oci und fühlte sich befangen, den fremden Namen auszusprechen. Als sie merkte, daß der Junge reagierte und sie fragend ansah, fuhr sie erleichtert fort: »Wir gehen den Strand entlang. Kommst du mit?«
André schaute sich um. »Ich gehe mit«, antwortete er. »Wir sind mit unserer Arbeit soweit fertig.«
Oci hob ihren Rucksack auf und trug ihn zum Schuppen. André folgte. Kabip untersuchte interessiert die Salzsäcke im Inneren. Er brummte befriedigt: »Das ist das Material, das wir für unsere Segelbahnen brauchen.«
Oci stellte ab und legte ihr Gewehr auf den Rucksack. »Nein, das hängst du dir um«, forderte Kabip. »So

dumm sind die Leute nicht, daß sie keine Ahnung haben, was sie damit anfangen können. Ich habe zwar noch keine Waffe bei ihnen gesehen, aber das Ding hält uns auf alle Fälle den Rücken frei. Also nimm's mit.«
Jetzt erst bemerkte er André in der Türöffnung. »Der Fersenschleicher geht mir ganz schön auf die Nerven«, zischte er Oci zu. »Ständig treibt er sich um uns herum.«
»Ich habe ihn gefragt, ob er mit uns kommt«, erklärte Oci laut, bemüht, ihre Stimme normal klingen zu lassen. »Er kennt sich hier aus.«
»Na gut, wenn du ihn schon gefragt hast«, gab Kabip knurrig seine Zustimmung. »Auf, dann wollen wir mal.«
Sie waren noch nicht am Strand, als Andrés Rabe auftauchte. Er flog den Jungen mit eingezogenem Schwanzende von hinten an und stieß ein scharfes Rack-Rack aus. »Kolja, setz dich, und keine Faxen«, rief ihm André zu und klopfte auf seine Schulter.
Kabip rümpfte die Nase. Oci erkundigte sich: »Er kennt dich wirklich? Er folgt, wenn du ihm befiehlst?«
»Ah, nicht immer«, lachte André. »Meistens sogar nicht, oder, Kolja?« Er strich dem Raben übers Gefieder. Der Vogel drückte seinen Schnabel an Andrés Backe. »Du mußt ihm nicht übelnehmen, daß er euch den Tragsack zerfetzt hat. Kolja albert ständig herum. Kürzlich hat er sich einem Schafshund von uns ins Fell gesetzt und dem armen Kerl die Ohren langgezogen. Der Hund ist mit Kolja auf dem Buckel

wie verrückt bis oben unter die Baumkronen gerannt. Kolja ist davon, und der Hund hat sich nicht wieder hinabgetraut. Er hat gefiept vor Angst. Ich habe ihn hinuntertragen müssen.«

»Ich glaube das nicht«, sagte Oci. »Du willst dich über mich lustig machen. Seit wann springen Hunde in den Ästen herum?«

André gab dem Raben einen Stups, daß er aufflog. Er sah Oci von der Seite an. »Was glaubst du nicht?« wollte er wissen. »Das mit dem Hund? Kolja macht noch ganz andere Sachen. Wart nur, bis er dir mal was versteckt. Mir hat er mein bestes Messer geklaut. Es war aus Edelstahl, aus der Zeit von den kurzen Tagen. Ich habe es immer noch nicht wieder.«

»Aber Hunde fliegen nicht auf Bäume«, beharrte Oci. »Das machst du mir nicht weis.«

»Das habe ich auch nicht behauptet«, wehrte sich André. »Der Hund ist hochgerannt, nicht geflogen.«

»Ich verstehe gar nichts.« Oci runzelte die Stirn. Plötzlich begriff André. »Wir wohnen doch in den Bäumen«, erklärte er ihr. »Jana, Ev, wir alle. Du kannst vom Boden aus bis auf die Plattformen unter den Baumkronen laufen. Bloß unsere Hunde gewöhnen sich nicht daran. Die meisten jedenfalls nicht. Wahrscheinlich ist es ihnen unheimlich in der Höhe zwischen den Ästen und dem Laub.«

Kabip drehte sich nach den beiden um. »Wovon redet ihr die ganze Zeit? Was erzählt er?«

»Ich komme nicht klar damit«, sagte Oci. »Er behauptet, daß sie zwischen Baumästen leben, oben in den Blättern.«

»Wohnen«, verbesserte André. »Leben tun wir überall. In den Bäumen wohnen wir.«

»Das kann ja lustig werden«, murmelte Kabip. »Mich jedenfalls bringt da keiner hoch.«

André vergrub die Hände in den Kitteltaschen. Oci merkte, daß er verstimmt war. »Erzähl mir mehr von Kolja«, bat sie. »Bleibt er ständig bei dir in der Nähe?«

»Du bist lieb«, lächelte André und stupste Oci mit der Schulter. »Also, manchmal sehe ich den Kerl ein, zwei Tage nicht. Er bleibt unter Umständen sogar eine Woche weg. Aber er findet mich wieder.« André blieb stehen und faßte nach Ocis Hand. »Darf ich?« fragte er, hob sie im Gelenk und betrachtete die Handfläche. »Da schaut deine Haut hell aus wie meine«, sagte er. Dann sah er Oci ins Gesicht. »Deine schwarze Haut ist sehr schön«, meinte er bewundernd. »Ich habe noch nie so etwas Wunderschönes gesehen.« André legte seine Finger sacht an ihre Backe. Die Berührung ging Oci durch und durch, lief vom Nacken über den Rücken und kribbelte ihr bis in die Knie.

»Du hast ja eine Gänsehaut«, sagte André belustigt. Oci schluckte vor Verlegenheit. Verärgert drehte sie sich zur Seite. »Ich mag das nicht, wenn man mich anfaßt«, erklärte sie. »Laß mich.«

»Doch«, widersprach André, »du magst es. Du willst es nur nicht mögen. Du und dieser Mann Kabip, ihr seid anders als wir.«

Oci preßte die Lippen zusammen und rannte hinter dem Steuermann her. Was für eine gräßliche Gegend, dachte sie. Überall dieser verkommene Betonbruch, Disteln, das gammelige Eisenschrottzeug. Ständig muß man aufpassen, wohin man tritt. Und dann dieser Junge! »He, Kabip«, sagte sie schnaufend, als sie ihn eingeholt hatte, »kannst du dir vorstellen, daß sie wirklich in Bäumen leben?«
»Es sind Wilde«, erklärte Kabip gleichgültig. »Ich zerbreche mir nicht den Kopf über solche Leute. Guck dir doch nur an, wie sie auf dem Boden hocken. Das sagt schon alles. Mit untergeschlagenen Beinen, auf ihren Fersen. Wie die Buschis im Werksreservat.« Er blickte sich nach André um und bemerkte vorwurfsvoll: »Was mußt du ihn überhaupt mitnehmen? Der Kerl will womöglich spionieren. Erzähl ihm nichts vom Depot. Die weißen Buschis würden die Insel bis auf den letzten Nagel leerräubern. Mann, ich könnte mich ärgern, daß wir die Tür zur A-Ebene offen lassen mußten. Aber ich habe mir schon was überlegt. Wenn wir zurück sind und unser Boot klar haben, sprengen wir den Eingang zu. Den ganzen Hügel über das Loch. Wie findest du das? Also, laß dich nicht so sehr mit diesen werksfremden Leuten ein. Kann sein, sie sind harmlos. Aber was wissen wir beide, wie das da oben bei ihnen funktioniert!« Kabip klopfte an seinen Schädel und blieb unvermittelt stehen. »Augenblick, hör genau hin«, flüsterte er. »Dies hohe Wuuh! Seehunde, wenn mich nicht alles täuscht. Irgendwo

müssen welche in der Nähe sein. Da, wieder, hörst du? Ich kenne den Ruf. Das sind die Jungen, die nach der Alten betteln. Auf, wir gehen mal da drüben entlang.«
»Ich warte auf den Jungen«, erklärte Oci. Sie lief ihm entgegen. »Tut mir leid«, sagte sie. »Ich habe es nicht so gemeint. Ihr seid aber auch so direkt miteinander. Du faßt mich einfach an. Du sagst, mein Gesicht gefällt dir.« Oci drückte die Fußspitze in den Sand. »Ich kann nicht so zeigen, was ich fühle. Wir reiben uns nicht dauernd die Schultern. Wir lassen unsere Finger bei uns. Ich fauche dich an, dabei meine ich es genau anders. Es kommt dauernd das Gegenteil dabei raus.« Sie schluckte und kaute an ihrer Unterlippe. Sie merkte, wie André sie ansah, und wich seinen Augen aus. Sie gehen einem durch und durch, dachte sie. Anders als wenn der Werksinspektor einen löchert, aber trotzdem. Ich frage mich, was er von mir denkt. Verdammt, ich kann nicht dagegen an, der Junge macht mich fertig. Ich weiß bei ihm einfach nicht, wie ich mich normal verhalten soll. Dabei mag ich ihn, glaube ich.
Sie standen einen Augenblick wortlos zusammen. Dann vernahmen sie Schüsse. André flog herum. Kabip stand hinten am Wassersaum, das Gewehr an der Schulter. Es ratterte noch mal los, der Steuermann ließ es sinken, watete ins Wasser und griff im Gehen nach seinem Messer hinten im Gürtel. André schrie und deutete auf die vorgelagerte Sandbank. Dunkle Flecken bewegten sich dort, platschten ins Wasser. Oci

hörte ein klägliches Wuuh-Geheul. Eins der Tiere war auf der Sandbank geblieben, warf die Hinterflosse steil in die Höhe, rutschte ein Stück über den Sand und blieb flach liegen. Kabip watete durch den Priel, hielt mit der einen Hand das Messer, mit der anderen das Gewehr hoch und stapfte auf die Sandbank. Er bückte sich, wälzte den Tierkörper auf die Seite, ruckte ihn herum und fuhr mit dem Messer ins Fleisch.

Die Hände voll Innereien kam er durchs Wasser zurück. »Die ganze Ladung sauber durchs Blatt«, schrie er Oci zu. »Die Tante hat nichts mehr gespürt. Hier kommen Leber, Herz und Nieren. Such Trockenholz, wir machen Feuer.«

André faßte Oci am Arm, hielt sie mit starren Fingern fest. »Warum tust du das?« fragte er Kabip, der wassertriefend auf sie zukam.

»Warum tust du das«, wiederholte der Steuermann spöttisch. »Ich hole uns einen Braten, wenn's recht ist.« Er legte das Fleisch auf einen flachen Stein. »Also, was ist nun mit dem Holz?« fragte er Oci. »Ich möchte auch meine Sachen wieder trocken bekommen. Lauf los.«

Oci zögerte, dann machte sie sich von André los und sah sich nach Holz um. André hielt sie zurück und wandte sich wieder an Kabip: »Warum hast du den Seehund geschossen? Wenn ihr Essen braucht, wir haben genug. Wir teilen es mit euch. Wollt ihr das wirklich in den Mund nehmen, darauf kauen und es schlucken wie richtiges Essen?« Er deutete auf die Innereien, deren Blut dunkel den Stein überrann.

»Was willst du eigentlich?« fragte Kabip. »Wenn du was abhaben willst, sag es. Von mir aus kannst du den ganzen Rest dahinten holen. Du kannst es deinen Leuten bringen. Soviel Fleisch macht ihr nicht jeden Tag, das wette ich.«
André verzog vor Abscheu den Mund. »Wir essen keine Tiere«, sagte er böse.
»Sie essen kein Fleisch!« posaunte Kabip. »Und wovon lebt ihr in euren Bäumen? Willst du mir das mal sagen, bitte? Von Suppe etwa, Brot und Schnaps? Mann, das glaubst du doch selber nicht.«
»Doch, es ist so«, beharrte André. Er starrte die beiden an. Oci wußte nicht, wo sie ihre Augen lassen sollte. Sie fühlte sich verwirrt, beschämt und ärgerlich zugleich. Kabip nahm das Fleisch, warf einen Blick auf die Sandbank und schüttelte sich dann vor Lachen. »Da, bitte, dein Rabenvieh weiß besser, was schmeckt. He, Oci, schau dir das an, das schwarze Vieh weidet den Kadaver aus!«
André schluchzte auf, rannte ins Wasser und schrie wieder und wieder: »Kolja, komm her! Kolja, Kolja, hör auf damit!«
»Also«, sagte Kabip vergnügt, »die Sache ist gelaufen. Den Jungen sehen wir so schnell nicht wieder!«
Sie suchten Holz zusammen, der Steuermann kramte Streichhölzer hervor. Dann kauerten sie am Feuer, bis es zu Kohle verbrannt war. Kabip briet das Fleisch über der Glut. »Du wirst sehen, das ist das Beste, was einer zwischen die Zähne kriegen kann«, sagte er zu Oci, die

stumm dasaß. Das Fleisch brutzelte, es roch verlokkend. »Natürlich fehlt ordentlich schwarzer Pfeffer darauf«, erklärte Kabip. »Aber es schmeckt auch so.«
Die Sonne stand tief im Westen, als sie fertig gegessen hatten. Oci streckte sich müde und satt. Doch als sie an André, an seine Leute und an den Nachmittag mit ihnen dachte, spürte sie einen schlechten Geschmack im Mund.
Sie kehrten zu den Salzbeeten zurück. Die Strandleute saßen beieinander, die Gesichter von ihnen abgewandt, und unterhielten sich leise. Oci sah André neben Jana sitzen. Er hatte den Kopf auf die Arme gelegt. Kabip und sie gingen grußlos an der Gruppe vorbei zum Riedschuppen, holten die Rucksäcke hervor und zogen Decken und Plastikplanen heraus. Sie legten sich nah am Waldsaum ins Dünengras, zogen die Planen über und schickten sich an zu schlafen. Oci wünschte, sie hätte den Overall ausgezogen. Am liebsten wäre sie zum Strand gelaufen, um zu schwimmen, zu tauchen, im Wasser den Tag loszuwerden. Sie rieb ihre juckenden Augen, fühlte sich übermüdet und konnte lange nicht einschlafen.
Träume weckten sie in der Nacht. Aber die Bilder waren verblaßt, ehe ihre Erinnerung sie erreichen konnte. Sie schlug die betaute Plane zurück und rannte durch feuchtes Schilf und Seggengras hinunter zum Strand, zog sich aus, folgte einem Priel, schwamm unter Wasser gegen die langsam auflaufende Flut. Großer Glitch, das tut gut, dachte sie, tauchte auf, legte sich auf

den Rücken und schwamm weiter, bis ihr ganzer Körper glühte.
Während sie zurückkraulte, bemerkte sie Andrés Schatten neben ihrem Kleiderbündel. Sie rannte aus dem Wasser. Ich weiß wirklich nicht, wie ich auf ihn reagieren soll, dachte sie. Ständig muß ich mich gegen ihn wehren, muß mich verteidigen. Aber ich höre seine Stimme gern und mag es, wenn er mich ansieht, anfaßt, berührt.
Sie konnte seine Gesichtszüge im dünnen Mondlicht erkennen. André kauerte auf den Fersen und sah ihr entgegen. Oci strich das Wasser von sich und zog ihre Sachen an. Als sie ihren Overall zuknöpfte, fragte sie: »Hast du nicht geschlafen?« André schüttelte den Kopf. »Warum bist du dann nicht ins Wasser gekommen?« sagte Oci. »Wir wären um die Wette geschwommen. Aber ich hätte dich geschlagen. Nach Mjuda war ich die Beste von der Werksschule.«
»Komm, setz dich zu mir«, forderte André sie auf. Oci versuchte auf ihren Fersen zu sitzen, aber das war nicht bequem. Sie lehnte an Andrés Rücken und spürte nach einer Weile die Wärme seines Körpers in ihrem.
Oci zupfte Blätter von einer Pflanze, zerrieb sie und roch an ihren Fingern. »Es riecht wie Wermut«, meinte sie. »Was ist das für ein Kraut?«
»Wir nennen es Beifuß«, erklärte André. »Es war gestern mit in der Suppe. Wer ist Mjuda? Deine Freundin? Erzähl mir von euch.«
»Ja, Mjuda ist meine Freundin«, sagte Oci. »Schade,

daß du sie nicht kennst.« Sie rieb ihren Rücken an dem Jungen. »Da fällt mir etwas ein«, fuhr sie fort. »Es war in der Werksschule. Mjuda hatte den Platz neben mir. Wir waren neu zum Vermessungslehrgang eingeteilt. Kartieren stand auf dem Plan. Wir sollten die Unterschiede zwischen Grundkarte und abgeleiteter Karte bestimmen, was sich also auf den Folgekarten vereinfacht. Ich saß und döste. Die ganze Vermessungssache machte mir keinen Spaß. Damals noch nicht. Ich hatte einen richtigen Widerwillen dagegen. Da schiebt mir Mjuda ihr Heft über die Bank. Ich ziehe es langsam an mich, schlage es auf. Auf einer Seite, über das ganze Blatt, war ein Gesicht gemalt. Mjuda hatte es gezeichnet. ›Im Werksmuseum abgemalt‹, wisperte sie mir zu. Komisch, als ich dich eben hier sitzen sah, André, habe ich an dieses Bild denken müssen. Es hatte Ähnlichkeit mit dir, nur die Haare waren anders. Ich habe das Gefühl, ich hätte das schon einmal erlebt. Kennst du das?«

André nickte. »Ja«, sagte er, »manchmal geht es mir auch so.«

»Es muß das Bild gewesen sein«, meinte Oci. »Dein Gesicht hat mich daran erinnert. Dabei ist die Sache so lange her.«

Oci merkte, wie sich André bewegte. »Erzähl weiter«, bat er.

»Aber der Rest von der Geschichte ist nicht so schön«, sagte Oci. »Der Lehrer hat uns das Heft abgenommen. Es gab Ärger. Mjuda mußte erklären, warum sie

Jungenbilder in ihr Heft malt. Sie erhielt eine Zeitlang Besuchsverbot fürs Werksmuseum, und beide bekamen wir Negativpunkte auf die Schuldatenkarte.«
Sie saßen schweigend Rücken an Rücken. »Es wird bald hell«, sagte André schließlich und fuhr fort: »Deine Welt kann ich mir nicht vorstellen, Oci. Datenkarten, Folgekarten, Werksmuseum, Negativpunkte. Du sprichst von Sachen, die ich nicht kenne. Ich kann damit nichts anfangen. Aber für dich sind sie alltäglich. Ich sage mir, unser Verhalten muß auf dich genauso fremd wirken. Daß wir in Bäumen leben. Kein Fleisch essen. Daß wir einander gern berühren, gern atmen hören. Dir muß das alles sonderbar sein. Ich merke das. Aber bei dem Mann Kabip ist es noch ganz anders als bei dir. Alle haben wir ein schlechtes Gefühl, wenn wir ihn ansehen.« Er drehte sich zu Oci um und drückte auf seinen Magen. »Genau da sitzt das Gefühl. Ich brauche nur an ihn zu denken, und ich spüre es hier, über dem Nabel. Kommst du denn mit ihm aus?«
»Ich weiß nicht«, antwortete Oci. »Wir sind eben ein Team. Er ist mein Vorgesetzter. Du kennst Kabip auch nicht, wie er wirklich ist. Du mußt ihn auf dem Schiff erleben. Dem zweiten Steuermann läuft da keiner den Rang ab. Er ist unwahrscheinlich in technischen Sachen, Navigation und so weiter. Du hättest ihn im Depot erleben müssen. Unfaßbar, was der Mann so alles hinkriegt.« Sie hielt ein und biß sich auf die Lippen. Vom Depot durfte sie doch nicht reden! »Ich kann dir aber nachfühlen, wie es dir ist«, gestand sie

dann. »Angst vor ihm haben wir alle. Doch das gehört eben dazu, wenn du weißt, daß einer ein *Leuko* ist. Aber das sagt dir wahrscheinlich auch nichts. Komm, wir gehen zu unseren Sachen. Kabip ist schon auf. Ich sehe ihn drüben.«

»Es war gut bei dir«, sagte André. »Und es war schön, wie du nach dem Schwimmen an den Strand gewatet bist. Ich habe dich im Mondlicht gesehen, das Wasser lief über deine schwarze Haut. Ich bin froh, daß wir zusammen waren. Es war schön, dich bei mir zu fühlen, dir zuzuhören.«

Andrés Leute brachen auf. Kabip und Oci hatten ihre Rucksäcke gepackt und folgten. Ihre Gewehre nahmen sie in die Hand. Der Himmel bezog sich. Wenig später setzte leichter Nieselregen ein, und Kabip hing sich eine Plastikplane über. Sie würden erst der Ruhr durch den Auwald nach Osten folgen, hatte die Gruppe ihnen mitgeteilt. Dann der Volme südlich ins Bergland. Sie kamen an dem vertäuten Boot vorbei, und der Steuermann überprüfte die Knoten. »Genau hier entlang«, sagte André, »sind wir vor zwei Wochen talwärts gekommen.«

Die Frauen und Marten gingen vorneweg, hinter ihnen marschierten Kabip und Oci, den Schluß übernahm André. Seine Leute trugen Weidenkiepen auf dem Rücken. Im Auwald taten sie sich schwer mit ihrer Last. Oci wunderte sich, wie sie überhaupt damit gehen konnten. Weiden, Ahorn und borkige Birken standen Baum an Baum, die Zweige hingen tief. Brombeerhek-

ken, hopfenüberranktes Schwarzerlengebüsch und blaugrünes Brackwasser erschwerten den Weg durch das Ruhrtal. Oci sank bis über die Knie im Grundschlamm ein, sooft sie eine Grasbulge verfehlte. Es war eine ständige Mühsal, die Beine wieder aus dem Moddermorast zu befreien.
»Am besten zieh ich mir die Schuhe aus«, überlegte sie laut.
»Das würde ich nicht tun«, warnte André hinter ihr. »Du ratschst dir die Sohlen auf, trittst in Dornen, fängst dir Blutegel, und abends sind deine Beine entzündet. Laß mich vor dir gehen. Du siehst dann, wohin ich trete.«
André bewegte sich zwischen Weidensträuchern, Rohrkolben und milchiggrünen Schachtelhalmstauden so sicher wie sie über die Planken der *Nhlakanifo.*
Der Nieselregen durchnäßte sie. »Euer Salz wird wegfließen«, rief Oci André zu, der vor ihr über einen weiß aufgefaulten Baumstamm lief.
»Keine Sorge«, antwortete er. »Es ist gut verpackt. Aber paß auf, daß wir nicht wegschwimmen, wenn hier im Tal ein richtiger Pladderregen kommt. Die Mücken sind wir dann los. Dafür stehen wir im Nebel und sehen überhaupt nichts mehr.«
»Es reicht mir auch so schon. Vollauf«, schnaufte Oci. »Geht das den ganzen Tag so weiter?«
»Nein«, tröstete André sie, »nur den halben.«
Oci biß die Zähne zusammen. Der Rucksack scheuerte und kniff über den Schultern. Tropfnasse Zweige

fuhren ihr über die Augen. Wenn sie nicht aufpaßte, wohin André trat, quatschte sie unweigerlich in den Mulm. Ihr Overall war bis über die Schenkel schwarz, mit grünem Algenschlamm bezogen und klebte an ihren Beinen wie nasses Segeltuch. »Ich liege lieber einen Tag auf der obersten Rah und klemme mir das Segel bei Windstärke acht unter den Bauch, als mich hier einen halben Tag durchzusuhlen«, rief sie André zu. »Wo ist denn Kolja?«
»Keine Ahnung«, antwortete André. Er blieb stehen, wartete auf Oci, reichte ihr die Hand und zog sie zu sich auf einen Wurzelstock. »Ich hatte gestern Wut auf Kolja. Da habe ich ihn angefaucht. Seitdem hat er sich nicht wieder blicken lassen. Aber der findet uns schon. Ich hätte auch gleich einen Leckerbissen für den dummen Kerl!« Er lachte und hob aus Ocis Haar eine fingerdicke grüne Raupe.
Sie schüttelte sich. »André, ich glaube, das schaffe ich nicht. Wo sind denn die anderen?«
»Wir sind hinter ihnen geblieben«, sagte André und setzte die Raupe auf einem Farnwedel ab.
»Und Kabip?« erkundigte sie sich.
»Oh, der hält sich«, erklärte André, »der ist zäh. Du siehst es ihm an. Er schafft es. Und du auch. Aber warum hältst du dich ständig an deinem Gewehr fest? Solange du die Hände nicht frei hast, kommst du nicht vorwärts. Wenigstens nicht gut. Laufen tut man nämlich nicht nur mit den Beinen.«
Oci nahm ihren Rucksack ab und steckte das Gewehr

weg. Sie arbeiteten sich weiter durchs Auholz und stießen um die Mittagszeit wieder auf ihre Leute. Jana, Marten, Ev und Lou hatten ihre Körbe unter einer breitästigen Linde abgestellt. Oci ließ den Rucksack zu Boden fallen und schnappte nach Luft. Ihre Finger waren aufgequollen und steif. Sie sah Kabip an, der, das Gewehr im Schoß, an seinem Rucksack lehnte. Die Anstrengung stand ihm ins Gesicht geschrieben. Er blickte zu ihr auf. »Für Seemannsbeine ganz schön hart«, sagte er. »Aber unterkriegen lassen wir uns nicht.«

Sie aßen schweigend vom Hartbrot, und Marten ließ seinen Hagebuttenwein kreisen. Diesmal hielt auch Kabip mit.

»Jetzt geht es bald bergan. Der Volme nach«, kündigte Jana an. »Du siehst mitgenommen aus, Oci, und du auch, Kabip. Ich habe gelesen, daß bei euch in Afrika ähnliche Wälder sind. Im tropischen Regengürtel. Aber ihr wohnt weiter südlich. Mit solchem Gelände seid ihr da wohl nicht vertraut.«

»Urwälder haben wir auch«, erklärte Kabip. Er biß in sein Brot und erklärte kauend: »Der Große Glitch hat sie uns beschert. Aber wir roden sie aus. Holzen sie frei. Machen Treibstoff daraus. Methanol, Biogas, was eben anfällt. Erdöl haben wir keins. Also bauen wir die Industrie mit Holz und Kohle auf, bis wir Atomkraftwerke dastehen haben. Dann sind wir unsere Energiesorgen los. Auf dem Werksgelände der PTA gibt es bewirtschafteten Forst, auch Parks, ein bißchen

Dschungel im Werksreservat für unsere Buschis. Unsere Urwälder haben wir gezähmt. Mein Großvater, der konnte davon erzählen. Er hat im Holz gearbeitet, bis ihm die Arme abfielen.«

Oci gähnte laut, setzte sich zu André und lehnte sich an ihn. Kabip schaute sie an, sagte aber nichts. Der Junge brach ihr ein Stück von seinem Brot ab. »Magst du?« fragte er.

»Ja«, bat Oci. »Das schmeckt gut nach dem ewigen Schiffszwieback. Woraus macht ihr die Fladen?«

»Da mußt du Ev fragen. Ich finde, die backt die leckersten. Ev, hör mal! Oci fragt, was du in dein Brot backst?«

»Wir machen es hauptsächlich aus Sojamehl«, antwortete sie. »Kennst du das? Die braune Farbe aber kommt von dem Farnwurzelmehl. Farn wächst überall. Du sitzt eben drauf. Wir trocknen die Wurzelstöcke und mahlen sie. Dann kneten wir noch Flechtenmehl unter. Die Flechten, der Farn schmecken leicht bitter. Darum backen wir noch Nüsse und kandierten Kalmus mit ins Brot.« Ev schaute die anderen an. »Habe ich was vergessen?«

»Löwenzahnsirup«, ergänzte Marten. »Der kommt bei mir noch dazu. Der gibt den Fladen Honiggeschmack. Zufrieden, Oci?« Er lächelte Oci zu. »Da, nimm einen letzten Schluck, stärk dich. Wir kommen jetzt in den richtigen Wald, in die Berge. Wir sind jedesmal froh, wenn wir den Autalwald hinter uns haben. Um diese Jahreszeit geht es ja noch, aber wenn im Sommer die

Luftfeuchtigkeit steigt und triefnassen Schweiß aus der Haut treibt, dann sucht sich unsereins besser einen anderen Weg. Aber für die Tiere ist das hier ein Paradies. Habt ihr die roten Auhirsche gesehen? Übrigens, ihr beiden Schiffsleute, vor den langen Tagen gab es ungefähr nordwestlich, nicht allzuweit von hier, eine Stadt. Hagen hieß sie. Oder so ähnlich. Ich bin mal bis an ihren Rand gekommen. Früher müssen da Hunderttausende gelebt haben.«

Kabip fuhr auf. »Hast du gesagt, eine Stadt? Wo?« fragte er aufgeregt. »Genau das suchen wir doch, Mann. Was für Leute wohnen da?«

»Ob es da jetzt überhaupt Menschen gibt?« zweifelte Marten. »Wenn, dann höchstens eine Handvoll. Wir machen einen Bogen um die Stadt. Sie ist zu, restlos zu. Schlinggewächse, Gestrüpp, Faulholz, Nesselfelder. Sogar der Fluß umgeht die Stadt. Bis Bäume da Fuß gefaßt haben und Tiere und Menschen dort wieder leben können, vergehen Generationen. Ich werde jedesmal krank, wenn ich in die Nähe komme. Nein, Kabip, ich kann mir nicht vorstellen, daß dort tatsächlich Menschen wohnen. Wer möchte zwischen Steinleichen leben?«

Sie verließen die Ruhrniederung. Den Waldboden überwucherten Moose, Flechten, Pilze und überall junges hellgrünes Springkraut. Aufgedröselte Schienenstränge hingen verdreht und teilweise zerbrochen im Fluß. »He, André«, schrie Oci über das fauchende Wasser. »Da lief einmal eine Eisenbahn.«

André blieb auf einer Steinschulter stehen. »Ja, das ist die alte Bahnstrecke. Du findest sie den ganzen Fluß entlang. Wenn wir Stahl brauchen, holen wir ihn hier im Tal.«

»Auf dem Werksgelände haben wir Eisenbahnen. Die laufen. Damit fahren, du, das macht Spaß. Die Räder rumpeln, die Lokomotive qualmt, Ruß fliegt und Rauch, die Wagen schaukeln. Es rast alles nur so an dir vorbei, die Landschaft, Fabriken, Bäume, Häuser.«

»Ihr seid wirklich merkwürdige Menschen«, sagte André. »Du findest das schön? Mir würde schlecht werden!«

»Quatsch«, widersprach Oci. »Du weißt nicht, wie das ist.«

André ruckte an einer Waldrebenranke und schwang sich auf den nächsten Stein. Oci sprang hinterher. Sie hüpften, stiegen, kreuzten von Stein zu Stein und hielten sich dabei an den Gleisen fest. Staubfeiner Wasserdampf hing über dem Tal, erschwerte das Atmen, setzte sich in die Wimpern.

Sie übernachteten zwischen den rauhen Blättern einer Bergulme auf einem halb abgeknickten Brückenjoch. Kabip hatte erfolglos versucht, Feuer zu machen. Das Schluchtwaldholz war dumpf und naß, verbreitete schwelenden Dampf und glühte nicht an. Andrés Leute kuschelten sich in Farnbetten, Arme und Beine umeinander geschlungen. Kabip hatte sich die Plane über den Kopf gezogen, und Oci lag mit offenen Augen. Die Volme gurgelte und brauste. Sie hörte es nah im

Unterholz schnaufen, eine Nachtigall rief, Äste knirschten. Später nahm sie ihre Decken und rutschte an die Seite Andrés, spürte im Halbschlaf, wie er sie an sich zog, und war sogleich eingeschlafen.

Am dritten Tag ließen sie den Schluchtwald hinter sich. Sie hatten ständig an Höhe gewonnen und rasteten zuletzt am Rand einer Klamm. Hier kam es zu dem Streit, der sich schon länger angebahnt hatte und nun nicht mehr zu vermeiden war: Kabip hatte sein Gewehr auf einen Rehbock angelegt, der zwischen Weidenröschen äste. Lou schlug die Waffe hoch. Das Gewehr knatterte los, fetzte aber nur Blattwerk und Zweige von den Bäumen. Kabip sprang zurück, legte das Gewehr aus der Hüfte an, zielte drohend auf Lou.
»Nicht, Kabip, nein!« brüllte Oci.
«Halt du dich raus«, schnaufte der Steuermann. »Mir langt's jetzt.«
Lou flog auf Kabip zu und traf mit ihrem ausgestreckten rechten Bein das Sturmgewehr unterm Schaft. Die Waffe segelte durch die Luft, trudelte und verschwand in der Klamm. Wortlos stürzte sich Kabip auf Lou. Marten riß ihn zurück, ließ los und erwartete geduckt seinen Angriff. Kabip umschlich ihn lauernd, dann warf er sich auf ihn, und beide wälzten sich auf dem Boden. Oci sah, wie Kabip nach dem Messer auf seinem Rücken griff. Sie sprang, packte Kabips Arm und riß ihn im Gelenk nach oben, daß der Steuermann aufjaulte. Er ließ das Messer fallen. Oci schnappte

danach, schnellte zur Seite. Kabip riß sich von Marten los und musterte die Leute um sich. »Ich seid also alle gegen mich«, knurrte er. »Ihr wollt mich fertigmachen. Auch du«, er deutete mit dem Kinn auf Oci. »Was habt ihr eigentlich? Na? Spuckt's nur aus.«
»Ich bin dazwischen, sonst hätte es Blut gegeben. Und was dann?« verteidigte sich Oci.
In Kabips Gesicht arbeitete es, aber er antwortete nicht. Statt dessen ging er zu der Klamm und rief: »Wo ist mein Gewehr?«
»Ich helfe suchen«, bot Oci an. Zu zweit kletterten sie durchs Dickicht in die Tiefe. Sie konnten die Waffe nicht finden. Das Gewehr mußte bis auf den Grund gefallen sein. Dornen und Felsstürze machten es unmöglich, dahin vorzudringen.
»Schade drum, jammerschade«, sagte Kabip rauh. »So ein Ding in der Hand haben, das ist schon was. Da ist doch Leben drin. Und jetzt liegt es irgenwo unten und verrottet. Na ja, nach diesem Sturz wäre es wohl sowieso geliefert.« Kabip zuckte die Schultern. »Zumindest hätte man es neu richten müssen.«
Oci reichte Kabip sein Segelmesser. Er steckte es in den Gürtel. »Verdammt«, sagte er, »das Weib hat mich vielleicht hochgebracht. Gut, daß du dazwischengekommen bist. Meinen Arm spür' ich noch immer.« Kabip grinste Oci an. »Also, wir bleiben ein Team.«
»Sie können mein Gewehr haben. Es steckt im Rucksack. Ich hole es«, bot Oci ihm an.
Kabip winkte ab. »Das laß mal lieber, wo es ist. Sonst

spielen die Buschis wieder verrückt.« Er ging zu Andrés Leuten, schulterte den Rucksack und wartete. Es schien, als wollte er etwas sagen. Er fuhr sich übers struppige Kinn, zögerte und erklärte schließlich: »Also gut, Leute, okay, gehn wir weiter.«

Am späten Nachmittag rief André plötzlich: »Oci, ich höre unsere Hunde. Ah, da ist Jo!« Der Hund sprang an ihm hoch und fuhr ihm mit der Zunge unters Kinn. »Da siehst du, was der für Sätze macht«, sagte André und wehrte sich lachend. »Und du wolltest nicht glauben, daß er die Bäume hochkommt. Das ist nämlich der Kerl, von dem ich dir erzählt habe!« Er bückte sich und streichelte den Hund. »Na, ist Kolja schon da? Ist er zurück? Hat er dir die Ohren langgezogen?« Jo stieß einen langen Winselton aus, warf sich auf den Rücken. »Nein, nein«, warnte André, »das hilft dir bei Kolja nicht. Der bringt es fertig und zwickt dich hier in den weichen Bauch.« Er gab dem Hund einen zärtlichen Klaps und sagte: »Das ist Oci. Ein Mädchen mit schwarzer Haut.« Er beugte sich über das Tier und flüsterte: »Der Mann dort drüben ist Kabip, vor dem nimmst du dich besser in acht, Alter.« Der Hund sprang auf und schüttelte sich. Er hat wachsame Augen, fand Oci und fragte: »Wem gehört er? Dir?«

»Wem er gehört? Niemand. Zu den Schafen, da gehört er hin. Sie können nicht weit sein, irgendwo drüben zwischen den Bäumen, nehme ich an.« André zeigte die Richtung.

Zusammen mit Jo liefen sie weiter. Anders als im Volmetal gab es unter den Bäumen hier im Bergwald nur leichtes Gebüsch. »Unsere Schafe halten es kurz«, erläuterte André. »Und sieh mal, wie dicht die Äste über uns aufschließen. Da bleibt der Boden frei. Man kann ungehindert laufen.« Aber Oci fühlte sich eher befangen, irgendwie eingeschüchtert. Das ist nicht Wald, ging es ihr durch den Kopf. Jedes dieser Baumungeheuer steht für sich, ist ein Einzelwesen, beobachtet und lauert. »Als könnten sie einen sehen«, sagte sie laut.

André strich über den Stamm einer Buche mit schiefen dunklen Astaugen. Er hob die Arme und sah Oci an. »Das kann schon sein«, meinte er leichthin. »Vielleicht beobachten sie dich wirklich.«

Oci vergaß beinahe zu atmen. »Red doch keinen Quatsch«, stieß sie hervor. »Mir reicht es gerade, wie dieses Baumding dasteht, so dick und wichtigtuerisch. Als wollte es beweisen, wie alt es ist und daß es vorher da war, viel länger als du. Ach, du spinnst ja, André, ich glaube dir kein Wort.«

André blinzelte zum Baum hinüber und flüsterte: »Paß nur ja auf, was du redest. Der Ast da sieht aus, als wollte er dir gleich auf den Kopf kommen.«

Oci duckte sich und machte einen Satz. Dann fuhr sie André an: »Mich so zu erschrecken! Mach das nicht noch mal!«

André antwortete nicht. Oci hörte jetzt ganz nah Schafsblöken, dazwischen Hundegebell. Sie fanden die

Frauen und Marten neben einem Felsblock. Zwei Mädchen turnten zwischen ihnen herum, alle plapperten, hielten sich fest, drückten einander, lachten und erzählten. Hunde wuselten dazwischen. Als die Mädchen André erspähten, stürzten sie sich auf ihn. Sie sprangen ihm auf den Rücken, rissen ihn um, riefen seinen Namen und rieben die Nasen an seinem Bauch. Kabip stand daneben, den Rucksack abgesetzt, die Hände auf dem Rücken.

Jana stand auf. Ihr Gesicht war voll Lachfältchen. Sie ging zu dem Mädchen mit dem rötlichen Haar und sagte: »Ron, das ist Oci. Sie kommt mit dem Schiff aus einem anderen Erdteil. Aus Afrika. Ich habe dir schon von Afrika erzählt, oder? Und das ist Pat«, wandte sie sich an Oci. »Ron und Pat, das sind ihre Namen.«

»Hallo, Pat, he, Ron«, sagte Oci etwas verlegen. »Verstehen die beiden Interlingua?« fragte sie.

»Ja doch«, meinte Jana. »Nicht wahr, Ron, du verstehst, was ich sage?« Ron schürzte die Lippen, legte die Backe an Janas Schulter und spielte mit ihren Haaren. »Sie können Interlingua verstehen«, antwortete Jana für sie. »Nur mit dem Reden klappt es nicht so. Und da, ihr beiden, ist Kabip. Der Steuermann von dem Schiff. Er ist mit Oci durch den Wald zu uns gekommen. Sie werden ein paar Tage bei uns sein.« Sie kraulte den Hund zwischen den Ohren. »Klar, du bist auch noch da, Jo. Du wirst schon nicht vergessen.«

»He, Pat«, fragte André in Interlingua. »Habt ihr Kolja schon gesehen?« Pat antwortete in der schnellen

Sing-Sang Sprache, die Andrés Leute untereinander gebrauchten, und zog ein düsteres Gesicht. André wiegte den Kopf, hob entschuldigend die Hände und übersetzte für Oci: »Kolja ist wieder da. Paskal hatte Pat einen kupfernen Haarreifen geschenkt. Den hat Kolja ihr geklaut, als sie heute früh mit den Schafen los sind. Genau wie mein schönes Messer.«
André sprach mit Pat, stupste sie mit dem Zeh. Pat quiekte, dann pustete sie André einen Kuß zu. Sie scheuchte die Hunde auf und rannte mit Ron hinunter in die flache Senke. Oci sah den beiden nach. Sie dachte an Werkskindergarten, Lernspiele, Datenkarteijahresabschluß, Jugendsolidaritätskundgebung für die Werktätigen, programmiertes Lernen. In ihrer Brusttasche steckte das Graubuch. Ev berührte sie am Ellbogen. »Bleib, wenn du noch nicht weiter magst«, sagte sie. »Die anderen gehen da drüben. In die Richtung mußt du dann weiterlaufen. Bis zum Wildgatter.«
»Ich komme ja schon«, sagte Oci. »Habt ihr auch Mädchen in meinem Alter?«
Ev schüttelte den Kopf. »Da ist nur André. Und Pat und Ron hast du gesehen.«
»Und noch jüngere Kinder?« fragte Oci.
»Wir haben wenig Kinder. Zu wenig«, erklärte Ev. »Es liegt an den Männern. Oder bei uns wachsen keine. Manchmal sterben sie im Bauch schon ab. Wir sind sehr traurig darüber. Es hat mit dem Ende der kurzen Tage zu tun. Mit radioaktiver Verseuchung. Du spürst sie nicht. Aber hier«, Ev klopfte auf ihren Bauch, »der

merkt's. Wie ist das bei euch? Gibt's bei euch auch so wenig Kinder?«

»Ich habe darüber noch nie was gehört. Auch noch nicht nachgedacht«, antwortete Oci. »Bei uns darf sowieso nicht jeder Mann Kinder machen. Das wird durch einen Werksvertrag geregelt.«

»Kabip, euer Steuermann, hat der Kinder?« erkundigte sich Ev.

»Ich weiß nicht«, sagte Oci. »Über solche Dinge sprechen wir im Werk nicht.«

Ev bückte sich nach einer Waldanemone und steckte sie Oci ins Krusselhaar. »Schön siehst du aus«, sagte sie. Dann lächelte sie und nahm Ocis Hand. »Ganz bald werden wir aber ein Baby haben. Kris erwartet eins. Sie ist jetzt im letzten Monat. Ich kann's kaum erwarten. Stell dir nur vor, bald kann ich das Baby auf dem Arm tragen, kann mit ihm reden und lachen und schmusen.«

»Wer ist der Vater?« fragte Oci.

»Ich denke nicht, daß Kris es so genau weiß«, erklärte Ev. »Ich sage dir ja, viele Männer von uns können kein Kind machen. Ich jedenfalls würde von jedem unserer Männer ein Kind nehmen. Es tut weh, daß wir ohne Kinder sind. Kennst du deinen Vater, Oci?«

»Nein«, antwortete Oci. »Aber in der Werkskartei ist es festgehalten. Ich nehme an, auch die Werksschule weiß es. Das hat nämlich mit dem IQ zu tun.«

Ev rieb sich die Nase. »Ich weiß nicht, was du mit IQ meinst. Aber was ist mit deiner Mutter? Wie heißt sie? Und hast du auch Geschwister?«

»Das steht ebenfalls in der Werksdatenkartei«, sagte Oci. »Ich selbst erfahre das nicht. Wir werden im Werkskindergarten groß. Ich habe überhaupt noch nie eine Frau mit Kind gesehen. Ich meine, wenn sie es noch bei sich im Bauch hat. Für die gibt es bei uns besondere Werkswohnungen. Wie ist das mit der Frau, die bei euch das Baby erwartet? Sie lebt wirklich bei euch? Und ihr seht alle, daß sie schwanger ist?«
»Dummerchen«, Ev lachte. »Klar siehst du es. Kris hat einen *so* dicken Bauch. Ich frage mich, wie sie damit gehen kann. Nachher siehst du sie selbst. Hier ist jetzt das Wildgatter.«
Die schräg hängende Gattertür fiel von selbst hinter den beiden zu. »Das da kenne ich«, rief Oci. »Ich habe ein Kurzpraktikum auf der Werksfarm gemacht. Flügelbohnen. Und hier Erdnüsse. Und was ist das?«
Ev bückte sich. »Kleine Auberginen, daneben kommen Mais und Sesam. Das kennst du bestimmt auch.«
»Ja, und daraus werden Tomaten«, zeigte Oci.
»Nein«, verbesserte Ev. »Kartoffeln sind das. Tomaten wachsen beim Soja, hinten vor dem Zaun. Und hier findest du Gewürzkräuter. Schnittlauch, Dill, Zwiebeln.«
Oci dachte an die Werksfarm. Drei Wochen lang war sie mit Mjuda durch endlose schnurgerade Zuckerrübenfelder gekrochen und hatte Pflanzen vereinzelt. »Warum steht bei euch alles so durcheinander?« fragte sie. »Und wieso setzt ihr die Pflanzen auf diese hügeligen Erdhaufen?«

»Zuunterst in dem Haufen sind Äste, Zweige, verrotteter Pflanzenabfall«, zählte Ev auf. »Darüber schichten wir Grasstücke, darauf kommt wieder Feuchtlaub aus dem Wald, und zuletzt vermischen wir eine dicke Erdschicht mit Kompost. Du brauchst jahrelang nicht zu düngen. Es wächst in den Haufenbeeten viel besser als platt auf dem Boden. Und du brauchst dich nicht so zu bücken.«

»Und Blumen, die laßt ihr wild dazwischen wachsen«, stellte Oci fest.

»Es sieht nur durcheinander aus«, sagte Ev. »Die Pflanzen halten sich gegenseitig von Ungeziefer und Schädlingen frei. Der Knoblauch die Spargelbohnen, Basilikum und Kerbel die Auberginen.«

»Aber wie macht ihr das beim Getreide? Bei Hafer, Gerste, mit den Weizenfeldern?«

»Korn bauen wir nicht an«, antwortete Ev. »Hier die Fläche ist alles, was wir bewirtschaften. Wir haben ja noch den ganzen Wald. Nährwald mit Bucheckern, Nüssen, Fichtensamen, Eicheln, vielen Beeren. Das wächst von selbst. Dazu kommen Wurzeln von Farn, Kalmus, Schilf. Die Schafe geben Milch, wir buttern, stellen Käse her. Wir haben Bienenstöcke im Wald. Und wenn wir im Herbst wieder an die See gehen, ernten wir Strandhafer. Gekocht mit Honig darüber, hast du das mal gegessen? Das schmeckt!«

Sie hatten das gegenüberliegende Wildgattertor erreicht. Das Falltor schlug hinter ihnen zu. »Wie habt ihr das Waldstück gerodet?« fragte Oci. »Fällt ihr die

Bäume, oder brennt ihr sie ab? Wir auf dem Werksgelände haben Holz- und Bodenbearbeitungsmaschinen. Sie werden mit Dampfkraft betrieben.«

»Roden?« entgegnete Ev entsetzt. »Wir machen keinen Kahlschlag. Die Fläche im Wildgatter war ein Windbruch. Denkst du denn, einer von uns würde einen Baum umhauen? Wir tun das so wenig wie Tiere töten. Sind eigentlich alle Leute bei euch so wie ihr? Daß sie Tiere totmachen, ihre Leichen zerstückeln, halb verbrennen und dann aufessen?«

Oci zog die Schultern hoch. »Ich mag darüber nicht sprechen«, sagte sie.

Sie kamen zu dem Baumstück überm See. Oci sah weder Kabip noch bemerkte sie André, der mit dem Kolkraben gelaufen kam. Sie vergaß auch Ev. Ihr schwindelte. Diese Bäume! Riesige Robinien, Eichen, Buchen, Ulmen, Linden. Äste, Wurzeln und Stämme waren mit Moosen und vielfarbigen Pilzen besetzt. Von Baum zu Baum liefen Hängebrücken, Bohlenstege. Wohnnester und Waben hingen bis in den Kronenraum. Kletternetze schaukelten auf den Boden, Schilfbedachungen, Sonnensegel, Grasmatten überdachten gegeneinander versetzte Plattformen. Mooswände standen dazwischen, und bunte Perlvorhänge schaukelten über Hängematten. Efeugewächse durchflochten die Plattformen, Elektrokabel und Rohrleitungen liefen vorbei. Nirgends ein rechter Winkel. Die ganze Struktur wuchs vom Waldboden bis in die Wolken, fiel und stieg und setzte sich unübersehbar durch das

Waldstück fort. Ein Hausboot, stellte sich Oci vor. Nein, ein Riesenschiff unter gebauschten Segeln, das der Wind über die Berge in ferne Welten entführte. Ein grünes Raumschiff.
Dann bemerkte sie André. Er zog sie ungeduldig am Arm. »Komm«, drängte er, »ich zeige dir mein Schlafnest.«
Oci schüttelte wild den Kopf. »Nein, ich kann nicht«, sagte sie. »Menschen leben nicht so. So etwas denken sie sich einfach nicht aus. Verdammt, André, sie wohnen doch in Häusern. Zwischen Stein, Beton, Glas. Unten auf der Erde. Oder in Hochhäusern mit Fundamenten im Boden. Sie leben meinetwegen auch in Höhlen, bauen Städte auf dem Mond. Sie machen Technik, ja, essen Fleisch, roden, schlagen den Wald. Aber sie machen nicht, was ihr tut. Sie leben nicht mit Bäumen zusammen. Bei ihnen drinnen im Bauch, wie Baumtiere im Laub.« Sie zitterte und fing an zu weinen. André verscheuchte Kolja, drückte Ocis Kopf an sich und murmelte leise Trostlaute in ihr Ohr. Jana kam herbei und sah André fragend an.
»Ich weiß nicht, was mit ihr ist«, flüsterte er. »Das alles in den letzten Tagen, die ganze Anstrengung, war zuviel für sie. Sie kann nicht mehr.«
Jana nickte. »Ich hole Stanko«, sagte sie schnell. André ließ sich mit Oci nieder. Er streichelte sie, zupfte ihr Laub aus dem Haar.
Jana kam mit einem Mann zurück. Er hatte ein flaches, pockennarbiges Gesicht und verkürzte Arme. »Laß

dich ansehen, Kind«, brummelte er, bückte sich zu Oci und hob sacht ihr Kinn. Er hielt ihr einen glitzernden Glasstift vor die Augen, sprach einschläfernd auf sie ein. Wenig später fiel Ocis Kopf gegen Andrés Schulter. »Leg sie auf die Seite«, sagte Stanko. »Ich gebe ihr nachher etwas für den Schlaf.«

Andrés Leute hatten Kabip lange und wiederholt klarmachen müssen, daß sie ihm die versprochenen Dinge nicht sogleich geben könnten. Nicht das Hartbrot und nicht das Tuch. Versponnene Faser hätten sie zwar genug, zuerst aber müsse der Motor des Webstuhls ans Netz angeschlossen werden. Doch, Strom erzeugten sie an Ort und Stelle. Das heißt, unten beim alten Stauwehr am See. Ja, er könne sich die Anlage bei Gelegenheit anschauen. Jemand werde ihn gern hinführen. Nein, auch das Brot sei nicht von heute auf morgen zu backen. Es benötige lange Garzeit und brauche Tage zum Auslüften. Kabip und sein Schiffsmädchen möchten sich derweil als ihre Gäste betrachten. Dem Mädchen täten ohnehin ein paar Tage Ruhe gut, hatte Stanko zu bedenken gegeben. Das Kind stehe offenbar unter einem Schock. Alles zusammen möge Kabip etwa zehn Tage rechnen.
Kabip blieb nichts anderes übrig, als den Vorschlägen zuzustimmen. Er weigerte sich allerdings entschieden, das ihm zugedachte Nachtlager zu beziehen. »Da bringt mich keiner hoch«, betonte er mehrmals. Das Angebot, sich in der Sauna auszuschwitzen, nahm er

jedoch an. Ja, und er wolle im ebenerdigen Materialraum schlafen. Und Oci? Man habe sie vorerst in Stankos Wohnnest untergebracht. Nein, sie fürchteten nicht, das Mädchen werde sich totfallen. Richtig, das seien wohl zwanzig, dreißig Meter Tiefe, aber schließlich sei Oci an Schiffsarbeit vor Mast, wie der Steuermann selbst sage, gewöhnt . Im übrigen sei jemand zur Stelle, wenn das Mädchen, das Kabip befremdlicherweise ständig einen Jungen nenne, dort in der Höhe aufwachen werde.

Oci nahm ihre neue Umgebung zögernd an. Sie hatte einen starken Widerwillen gegen das hängende Wohnen in den Bäumen. Eine Abwehr, die sie selbst nicht begriff. Als sie dann doch André auf dem Schwebebalken folgte, ging sie tapsig, mit kleinen Trippelschritten, rutschte am Leitseil mit beiden Händen entlang.

»Bist du denn schwindelig, Oci?« fragte André, der auf den Zehen vor ihr hertanzte.

»Nein«, widersprach sie. »Denkst du denn, ich könnte die Augen zumachen, wenn ich in den Topsegeln arbeite? Ich komme nur in dem Blättergrün nicht zurecht. Das macht mich völlig durcheinander.«

»Du wirst dich schon daran gewöhnen. Das ist bestimmt nur am Anfang so«, tröstete André.

»Es ist anders«, erklärte Oci. »Ich habe etwas gegen diese Bäume. Ich mag nicht Haut an Haut mit ihnen leben. Sie sind mir zu lebendig. Ich weiß selbst nicht, was es ist.«

Andrés Wohnwabe war aus Liguster, Pflanzenfasern

und Weidenruten geflochten. Wie das Rad einer Spinne war sie mit Leitseilen zwischen Stämmen und Ästen verankert. Quer durch ihr Runddach führte ein Eichenast. »Dahinten geht es noch weiter«, zeigte André. Oci bemerkte ein Schlupfloch, das in einen geflochtenen Gang führte. »Er endet in einem Hocksitzraum, dicht vor dem Stamm«, sagte André, »da sitzt man unwahrscheinlich gemütlich.«

»Ach«, neckte Oci, »da gehst du wohl hin, wenn du mal mußt?«

André schaute sie mit gespieltem Entsetzen an. »Aber nein. Du kennst doch unten auf der anderen Seite unser Klo. Da gehen wir hin. Es führt ein Laufrohr von dort ins abgeschlossene Faulbecken. Da gewinnen wir Biogas. Wir brauchen es zum Kochen, Backen oder für kleine Metallarbeiten im Technikraum.«

»Und wenn einer hier oben mal muß?« fragte Oci.

»Du stellst Fragen!« André hob die Hände. »Könnt ihr in jeder Ecke aufs Klo? Schau, an dieser Seite läuft das Lichtkabel. Hoffentlich treibe ich endlich mal eine Glühbirne auf. Danach suche ich schon bald ein Jahr. Wasser ist vorn auf der Plattform. Wir pumpen es hoch. In der großen Regenzeit auch warmes, zum Heizen. Los, setz dich. Wohin? Wo du willst. Hast du schon mein schönstes Stück gesehen? An der Flechtwand, hier über mir. Das blaue runde Blechschild.«

»Was stellt es dar?« fragte Oci. »Ist es eine Frau? Mit einem Kind an der Hand? Man sieht nur die weißen Umrisse.«

»Ja, ich denke, es ist eine Frau«, bestätigte André. »Sieht sie nicht lieb aus? Wie sie das Kind hält. Es kann noch nicht richtig laufen. Ich habe das Schild aus dem Müll. Nur zwei kleine Roststellen sind daran, sonst ist es noch gut erhalten. Eigentlich interessiert mich der ganze alte Kram von früher überhaupt nicht. Aber dieses Bild da gefällt mir. Die Frau hat fast so einen Kittel wie wir, siehst du? Sie paßt hierher, zu uns.«
»Dich interessiert die Vergangenheit nicht?« fragte Oci empört. »Was hast du gegen die Leute von damals? Du tust, als wären die rückständig gewesen. Aber das seid doch ihr! Ihr habt keine Eisenbahn, betreibt keine Fabriken. Ihr habt nicht mal Straßen, keine vernünftigen Wege. Ihr baut keine Schiffe. Ihr seid unterentwikkelt. Bei euch gibt's keinen Fortschritt. Kannst du zum Beispiel eine Navigationsbestimmung machen? Das Azimut eines Sterns zur Kompaßkontrolle bestimmen? Hast du logarithmisch rechnen gelernt? Was könnt ihr denn eigentlich vorweisen?«
Oci hatte sich in Eifer geredet. André sollte nicht merken, wie unsicher sie war, daß sie nicht wußte, wie sie ihn und seine Leute einordnen sollte. Okay, sie waren keine Buschis wie die Primitiven im Werksreservat. Andererseits, verglichen mit der PTA hatten es die Leute hier seit dem Großen Glitch nicht eben weit gebracht!
»Sag doch was«, sagte sie und stieß André an. Er antwortete nicht. Sein Schweigen machte sie noch unsicherer. Er mußte ihr ansehen, daß ihr überlegenes

Gehabe nur Schau war. Oci dachte: Ich denke darüber nach, was er denkt. Und er sitzt da, als ginge ihn das alles nichts an. »Du, André«, warf sie ihm vor, »ich finde das gemein. Du hockst stockstumm unter deinem blauen Blechdings. Ich mache mir Gedanken darüber, was du denkst. Ich versuche es wenigstens. Aber du ziehst dich zurück. Jedenfalls kann ich nicht sagen, daß du mir eine große Hilfe bist.«

André blickte sie unglücklich an. »Ich kann nicht wie du denken und reden. Ich bringe es nicht hin. Komm, ich habe einen Vorschlag. Wir gehen zur Schulinsel. Kai ist da, mit der kann man über solche Sachen diskutieren. Hast du Lust? Wenn du magst, gehen wir unten beim Materiallager vorbei. Du suchst dir von uns einen Taschenkittel aus. Der trägt sich im Wald besser als dein Overall.«

So ein Kittel wie André und seine Leute ihn trugen war wirklich ein völlig anderes Gefühl, stellte Oci fest. Sie brauchte die ganze Zeit bis an den Stausee, um sich mit den aufgesetzten und untergezogenen Taschen und Täschchen, Knöpfen, Schlingen und Bändern zurechtzufinden. Dabei fiel ihr ein, daß sie ihr Graubuch im Overall hatte stecken lassen. Großer Glitch, sagte sie sich, wenn Kabip das wüßte!

Sie trafen den Steuermann zusammen mit Kris und Mirko beim Generatorblock unterhalb der Staumauer. Kris' Bauch ist wirklich unwahrscheinlich, dachte Oci. Auch Mirko kannte sie schon. Sie hatte ihn gestern beim Schafmelken gesehen. Abends hatte er ihr eine

Handvoll kandierte Kürbiswürfel geschenkt. Jetzt stand er mit Kris bei Kabip und diskutierte.
»Etwas mit dem Ding stimmt nicht«, erklärte der Steuermann. »Da, ganz deutlich. Ein Schleifgeräusch. Woher kommt der Generator?«
»Vor zwei Jahren haben wir ihn aus Köln-an-der-See heraufgeschleppt«, antwortete Kris. »Er war völlig im Betonschutt vergraben. Da muß früher ein Werk gewesen sein, das diese Stromerzeuger herstellte. Eigentlich ist es ein beweglicher Arbeitsgenerator. Den Strom erzeugte er mit einem angekoppelten Verbrennungsmotor. Viel Leistung gibt die Maschine nicht her. Aber es reicht aus.«
Kabip rümpfte die Nase. »Da, wieder das Geräusch. Wenn ihr euer Ohr hierher haltet, dann merkt ihr's.«
»Ja, jetzt höre ich es auch«, bestätigte Kris. »Was denkst du, Mirko, ist es schlimm?«
Mirko wiegte den Kopf. »Wir sollten die Turbine abkoppeln und den Läufer überprüfen«, schlug er vor. »Was hängt im Augenblick am Netz?«
»Vor allen Dingen der Webstuhlmotor«, betonte Kabip. »Und die Trockenkammer«, zählte Kris auf, »dann hinter dem Materialraum das Pumpwerk.«
»Hm«, machte Mirko, »hängen wir also die Turbine ab. Gehst du und machst das, Kris?«
Man hörte, wie der Generator auskuppelte. Kabip sah Oci an. »He, Junge«, begrüßte er sie. »Jetzt erkenne ich dich erst in dem komischen Sack. Was hast du mit deinem Overall gemacht?«

»Ich will ihn waschen«, sagte Oci. »Das ist dringend nötig, so eingedreckt, wie der ist.«
»Eine Wäsche könnte meiner auch gebrauchen«, brummte Kabip. »Also«, wandte er sich an Mirko, »was ist?«
Kris trat hinzu. Sie wechselte ein paar Worte mit Mirko in ihrer eigenen Sprache und übersetzte in Interlingua: »Es muß an den Lagern hängen.«
Kabip kniete, bewegte den Läufer und stellte fest: »Ja, genau. Es ratscht auf der Bürstenseite. Lange wird es das Ding nicht mehr machen.« Er stand auf, beschaute Kupplung und Achse und schüttelte den Kopf. »Wer wartet die Anlage?«
»Im Augenblick wir beide, Kris und ich. Im nächsten Monat macht es jemand anders«, erklärte Mirko.
»Ja«, lachte Kris, »dann warte ich nämlich unser Baby.« Sie stupste gegen ihren Bauch. »Nicht wahr, Kleines?«
»Vor allen Dingen vernünftig abgeschmiert gehört das Ganze«, sagte Kabip. »Daß das Ding überhaupt auf Touren kommt.«
»Ja, das ist wahr«, seufzte Kris. »Es ist immer dasselbe: Uns fehlen Schmiermittel. Wir kriegen das aus Pflanzen noch nicht hin. Stück für Stück geht uns kaputt, weil wir die laufenden Teile an den Geräten nicht richtig abschmieren können. Bei den Pumpen, zum Beispiel.«
»So ist es«, bestätigte Mirko. »Ich würde jeden Weg gehen, wenn ich auch nur einen Kanister aus den

kurzen Tagen auftreiben könnte. Einmal hatten wir einen. Aber der ist längst verbraucht.«
Oci blickte verstohlen zu Kabip. Wahrscheinlich dachten sie beide dasselbe, sahen das Haard-Depot mit seinen riesigen Vorräten an Treibstoffen, Schmiermitteln, Öl vor sich. Kabip hustete. »Ich kann mir vorstellen, was das für euch heißt«, bemerkte er. »Von Schrott kann man eben nicht leben. Ihr holt euch doch praktisch alles vom Müll, oder? Eure ganze Technik, meine ich. Kabel und überhaupt alles sonst. Also, wir bei der PTA sind da ein Stück weiter, was, Oci? Wir stellen inzwischen Schmiermittel aus Kohle her. Aber daran könnt ihr bei eurem Entwicklungsstand nicht denken.«
»Du hast recht«, gab Mirko niedergeschlagen zu. »Wenn der Generator festläuft, bleibt uns nichts übrig, als wieder im Schutt zu buddeln. Sülz wird sich freuen, wenn wir kommen.«
Kris puffte ihn in die Seite. »Du siehst zu schwarz. Komm, wir gehen zurück. Du, Kabip, kannst beim Segeltuch am Webstuhl mithelfen. Ich kupple den Generator wieder an.«
André steuerte mit Oci um den See. Das Gelände war moorig. Trollblumen blühten, Wiesenschaumkraut, blaues Sumpfstraußgras. »Was glitzert da drüben so?« erkundigte sich Oci.
»Unser Sonnenofen«, erklärte er. »Spiegel fangen die Sonnenwärme ein, der gegenüberliegende Hohlspiegel bündelt sie. Das gibt irrsinnige Temperaturen. Wir

brauchen sie für Glasschmelze und Metallegierungen. Aber eigentlich«, gab er grinsend zu, »benutzen wir den Ofen fast nie. Es hat aber unheimlich Spaß gemacht, ihn zu bauen. Wenn ich nur daran denke, wie wir Alustückchen poliert haben. Wir haben uns richtig verrückt gemacht damit. Die Anlage mußte her, unbedingt. Jetzt steht sie praktisch tot da. Ich glaube, nur Kai arbeitet ab und zu damit. Du wirst sie gleich kennenlernen. So, und jetzt läufst du genau hinter mir, Schritt für Schritt. Der Sumpf ist eine Falle.«

»Wieso Falle?« fragte Oci.

»Für jeden, der nicht aufpaßt«, sagte André. »Aber eigentlich für Leute, die auf der Insel nichts zu suchen haben. Es kommt schon vor, daß wir unangenehmen Besuch bekommen.«

»Und was macht ihr dann?« wollte Oci wissen. »Ich habe bei euch nirgends eine Waffe gesehen. Ihr geht ja nicht mal auf die Jagd.«

»Was du alles fragst«, stöhnte André. »Aber du kannst das alles wahrscheinlich wirklich nicht wissen. Dabei ist es doch ganz klar und einfach. Wir sitzen zwischen den Ästen und warten, bis die Luft wieder rein ist. Das ist es. Aber nur im Ernstfall. Ich habe es noch nicht erlebt. Meistens wollen die Leute von uns Brot oder Tuchwaren. Vielleicht noch Schafskäse. Viel mehr finden sie bei uns ohnehin nicht. Und das geben wir ihnen auch freiwillig, wir haben ja genug. Aber auf der Insel hier ist unsere Bibliothek und das Pflanzenlabor, da lassen wir keinen herankommen.«

Eine pummelige Frau stand vorn auf dem Laufsteg vor der Insel und erwartete sie. »Das ist Kai«, sagte André. Kai reichte Oci die Hand und half ihr hoch. »Ich habe dich neulich gesehen, als Stanko bei dir war«, erzählte sie. »Du bist wieder gut beieinander, wie ich sehe. Und was bringt euch jetzt hierher? Sucht ihr etwas Bestimmtes?«
»Nein, das nicht«, sagte André. »Vor allen Dingen wollte ich Oci unsere Insel zeigen. Und sie hat Fragen, mit denen du dich besser auskennst.«
»Dann kommt«, winkte Kai und ging ihnen über die Bohlen voraus. »Bücher«, erklärte sie und öffnete in dem auf Stelzen stehenden Bau eine sorgfältig geschnittene Tür. Sie betraten einen fensterlosen, nur von einer Glühbirne erhellten Raum. »Viele sind es nicht. Aber sie bereiten uns gerade genug Probleme. Wir müssen den Raum kühlen. Du hörst das Aggregat. Es sind Bücher aus der Zeit von den kurzen Tagen. Sie sind auf Papiermaterial gedruckt, das keine Feuchtigkeit verträgt. Schau dir das an!« Kai schlug mit der Hand auf einen Band, der offen in einem Gefach lag, und kleine Flöckchen stäubten heraus. »Bücherfraß«, sagte sie traurig. »Wir machen inzwischen besseres Papier. Das hält für Generationen – wenn es dann überhaupt noch Menschen gibt. Lumpen und Eiweißstoffe von Schafsmilch, daraus fabrizieren wir unser Papier.« Sie nahm einen steifen grauen Bogen vom Tisch und hielt ihn Oci hin. »Fühl mal, nicht kaputtzukriegen ist das. Aber große Mengen stellen wir nicht

her. Wir lernen auswendig, was wir behalten müssen. Wie ist das bei euch in deinem Land? Habt ihr Papier, druckt ihr Bücher?«

»Natürlich, sicher«, bestätigte Oci. »Die Werksdrukkerei stellt Zeitungen her, Schulbücher, Sterntabellen für die Navigation, ich weiß nicht, was sonst noch alles. Papier ist kein Problem. In der Schule hat jeder seine Halbjahreszuteilung an Heften, und wenn man sich damit einrichtet, kommt man aus.«

»Ihr habt es gut«, meinte Kai neidvoll. »Wenn man das von uns nur auch sagen könnte! Ich habe langsam den Eindruck, daß bei uns Papier außer Gebrauch kommt. Sei ehrlich, André, wann hast du zum letzten Mal auf Papier geschrieben oder gerechnet?«

»Das ist eine Weile her«, gab André zu. »Wenn ich in meiner Lerngruppe sitze, habe ich das meiste im Kopf. Was will ich da mit Papier?«

»Aber wenn du mit Gleichungen oder Funktionen rechnest, kommst du mit Kopfrechnen nicht weit«, wandte Oci ein.

»Das ist der richtige Ton«, freute sich Kai. »Das muß er mal hören.«

»Ich rechne mit dem Handrechner, dem Abakus. Der langt mir«, widersprach André. »Hier vorn liegt einer. Kennst du so eine Tafel?«

Oci bejahte. Sie selbst hatte eine Handrechentafel bei ihren Sachen auf der *Nhlakanifo* und konnte mit den Schiebeperlen zwischen den Fingern schneller malnehmen, zunehmen, abziehen, als sie denken konnte.

»Ich wollte, du wärst in der Regenzeit bei uns«, sagte Kai, faßte Oci um die Hüfte und drückte sie an sich. »Du könntest uns eine Menge beibringen.«
»Ich?« schrie Oci und machte sich entsetzt frei. »Aber ich bin doch kein Lehrer! Dafür muß man doch ausgebildet sein. Unterrichtsplanung, Lerneinheiten, Leistungsmessung, Intelligenzförderung. Ich habe davon nicht die geringste Ahnung.«
Kai sah sie erstaunt an. »Bei uns ist das anders. Jeder lehrt und lernt. Du vermittelst ganz einfach das, was du weißt, den anderen. Jeder weiß etwas, wovon ein anderer keine Ahnung hat. Nimm André und sein Rabenvieh. Kennst du das Biest?«
»Klar«, lachte Oci. »Er hat Andrés Taschenmesser stibitzt.«
»Ich habe mich über den Vogel auch schon geärgert«, gestand Kai. »Aber dann hat André in der letzten Regenzeit von den Kolkraben erzählt. Alles, was er im Lauf der Zeit darüber herausgefunden hat. Wie unglaublich intelligent zum Beispiel diese Vögel sind. Daß sie sogar lernen, mit Menschen Sprechkontakt aufzunehmen. So habe ich es wenigstens verstanden, André, verbessere mich, wenn es nicht stimmt...«
»Doch, so ist es«, bestätigte André. »Wenn er mich warnt, ruft Kolja seinen eigenen Namen. Wenn er aber mit anderen Raben zusammen ist, verwendet er den typischen Rabenwarnruf. ›Krack-Krack-Krack‹, klingt das.«
»Ja, und seit André davon erzählt hat, sehe ich das

Vieh und Raben überhaupt mit anderen Augen. Und was lernt ihr in der Schule, Oci, was bringen die Lehrer euch bei?«
»Alles«, sagte sie und machte eine unbestimmte Handbewegung. »Eben einfach alles, was man fürs Leben braucht. Dafür besuchen wir die Schule.«
»Alles«, wiederholte Kai. »Da lernt ihr in der Schule eure Füße zu gebrauchen, zu rennen, zu gehen, die Hände zu bewegen? Oder wie ihr euch streiten und liebhaben könnt? Habt ihr Fachleute, die euch beibringen, wie man ißt, trinkt, lustig ist und Streiche macht? Lernt ihr etwas gemeinsam zu tun? Oder jemand zuhören, verstehen, trösten? Das braucht man doch fürs Leben. Und für das alles habt ihr Lehrer, ausgebildete Leute? Ihr werdet darin geprüft, willst du das sagen? Ich kann mir das nicht vorstellen.«
»So habe ich das nicht gemeint«, sagte Oci. »Das hat doch mit Schule nichts zu tun. Wir lernen für das Werk. Für unsere Industrie, daß wir uns weiterentwickeln. Zu blöd, ich habe mein Graubuch im Overall gelassen, sonst könnte ich es dir vorlesen. Aber mir fällt eine Stelle ein, da heißt es, daß Lernen Mobilmachung bedeutet. Die Zukunft erobern, die Natur beherrschen. Darum geht es. Dafür lernen wir.«
Kai schüttelte den Kopf. »Und was, wenn wieder so etwas passiert wie am Ende der kurzen Tage?«
»Ich verstehe nicht, was du sagen willst«, sagte Oci.
»Hm«, machte Kai und blickte zu André hinüber. Der hatte sich inzwischen auf den Boden gesetzt und

blätterte in einem Buch. »Wir sprechen nicht gern darüber. Aber immerhin, du weißt, was die kurzen Tage waren?«

»Natürlich«, antwortete Oci. »Der Meteoraufschlag hat die Erdumdrehung verlangsamt. Davor hatten die Tage vierundzwanzig Stunden. Heutzutage ist jeder ungefähr um eine Stunde länger. Für die Navigation müssen alle Sternorte neu berechnet werden. Das kriegen wir in Vermessungstechnik beigebracht.«

Kai sah Oci ratlos an. »Davon verstehe ich nichts«, sagte sie. »Ich meine es auch völlig anders. Ich spreche davon, wie die Menschen damals lebten.«

»Vor dem Großen Glitch?«

»Großer Glitch«, erkundigte sich Kai, »was ist das nun wieder?«

»Na, eben das Ding, das auf die Erde fiel. Das Kohlendioxideis, der Meteorbrocken. Das war der Große Glitch. Wie sagt ihr denn?«

»Wir haben keinen Extranamen dafür«, entgegnete Kai kurz. »Worauf ich hinaus will, ist dies: All das technische Wissen, die Industrie, Naturbeherrschung, wovon du sprichst, Mobilmachung und so, das alles hat im Ernstfall nichts genützt. Es war sogar umgekehrt. Die Leute waren derart von der Großen Maschine abhängig geworden, daß sie nicht mehr lebensfähig waren, als das Ding zu Bruch ging. Sie waren am Ende. Die es überlebt haben, Oci, müssen daraus lernen. Sprecht ihr darüber in der Schule?«

»Der Große Glitch war ein Betriebsunfall«, erklärte

Oci gleichmütig. »Eine kosmische Panne. Eine Fehlleistung. Wäre die Menschheit fünfzig Jahre technisch weiter gewesen, hätte man das Ding im Weltraum abgefangen. Kurzerhand in eine andere Bahn geschossen, oder was weiß ich. Das sagt unser Astrolehrer. Der muß es schließlich wissen.«

»Das ist zu einfach. So kannst du die Dinge nicht sehen«, beschwor Kai das Mädchen. »Hättest du zum Beispiel am Ende der kurzen Tage leben wollen? Ja, die Erde war reich, aber nicht an Gerechtigkeit. Die Reichen wurden immer schneller reich. Die Armen noch ärmer. Denk doch nur, Oci, der größte Teil der Weltbevölkerung lebte im Elend, war krank. Wissenschaftler und Techniker produzierten statt Lebensmittel ständig noch mehr neue Todesmittel. Denn an Bomben, Atomenergie, Panzern und Weltraumsatelliten verdienten Fabrikbesitzer besser als an Brot. Wer die Verhältnisse kritisierte, wurde kaltgestellt. Oder es hieß, das muß sein, sonst wäre alles noch viel schlimmer. Aber in Wirklichkeit trieben die Verantwortlichen ein Verwirrspiel mit den Leuten. Fragen waren unerwünscht. Warum man Menschen auf den Mond schickt, wenn auf der Erde noch genug zu tun ist. Wieso Europäer Lebensmittel vernichten, wenn Kinder in Asien an Unterernährung sterben. Klar, die Politiker und Fachleute hatten jede Menge Erklärungen bereit. Aber alle liefen auf das gleiche hinaus: die Völker für dumm zu verkaufen. Der einzelne verstand bald überhaupt nichts mehr. Er wurde teilnahmslos. Traute sich selbst nichts mehr zu. Fand, es ginge ihm gut, wenn er als Rädchen in der Großen Maschine funktionierte, die für ein paar wenige Reiche und Mächtige gutes Leben, Gesundheit und Gewinne produzierte. Auf Kosten der Mehrheit. Der ging es laufend schlechter, die hatte keine Chancen. Menschen in eurem Afrika starben millionenweise jedes Jahr. In Europa sah man ihnen dabei durchs Fernsehen zu. Menschheitsfamilie nannten sie das.« Kai hielt inne. »Jetzt ist's erst mal genug, Oci. Du zitterst ja vor Aufregung. Ich auch, guck!« Kai wies auf ihre Hände. »Und André sitzt da, tut so, als ob er liest, und ist dabei ganz weiß um die Nase. Wißt ihr was, wir gehen nach draußen unter die Bäume, ich mache uns ein Käsebrot, spendiere euch Holundersaft. Später reden wir weiter. Kommt, geht vor die Tür, setzt euch irgendwo hin, ich gehe und mache die Brote.«

»Kai ist nicht fair«, beschwerte sich Oci, als sie mit André im Gras saß. »Ich weiß nicht, wie es vor dem Großen Glitch war. Wie die Menschen gelebt haben. Ob alles wirklich so schlimm war, wie Kai behauptet. Heute ist das jedenfalls ganz anders. Bei uns im PTA-Werk versucht man gerecht zu sein. Jeder bekommt entsprechend seiner Leistung. Jeder, was er verdient. Wie einer sich anstrengt. Dafür sorgt die Werksverwaltung. Du hast deine IQ-Karte, und alles ist klar.«

»Mir nicht«, widersprach André. »Was ist das für ein Ding, deine IQ-Karte?«

»Willst du mich ärgern? Die Karte mit deinem IQ natürlich. Deinem Intelligenzquotienten.«
»Ich weiß aber nicht, was ein Intelligenzquotient ist«, beharrte André und warf sich auf den Bauch.
»Na, die Höhe deiner Intelligenz. Sie wird in Zahlen ausgedrückt. Dein IQ wird gemessen, festgestellt. Hier, was du da oben in deinem Kopf hast«, Oci bohrte sich gegen die Stirn, »was du da bringst, das wird ausgewertet. Du kriegst es auf deine Personaldatenkarte und hast deinen IQ-Scheck. Ist es jetzt klar?«
»Und was machst du mit der Karte, deinem IQ-Scheck?« fragte André.
»Also, vor allen Dingen strengst du dich an, daß du noch besser wirst. Das ist die Hauptsache. Du tust was für dich. Du lernst und arbeitest und zeigst, was du kannst. Bei der nächsten IQ-Prüfung bist du vielleicht besser. Du bekommst also mehr Punkte auf deine Karte. Es hängt ganz von dir ab. Wenn du nach der Schule als Werksangehöriger übernommen wirst, kaufst du mit deinem IQ-Scheck ein. Was du willst. Ein Fahrrad meinetwegen, oder du kannst damit reisen, mit der Eisenbahn fahren, du beziehst Nahrungsmittel darauf, bekommst eine Werkswohnung. Alles geht über deine IQ-Karte. Oder, wenn du krank bist, wirst du entsprechend behandelt. Mir fällt jetzt nichts mehr ein. Jedenfalls, ohne IQ-Karte gibt es dich gar nicht. Nichts läuft mehr für dich. Ich habe einen sehr guten IQ, wenn du's genau wissen willst. Mein letzter Scheck gab mir 128 Punkte.«

»Schön für dich«, meinte André. »Ich kann mir nur nicht vorstellen, wie das euer Werk macht. Wie stellen sie euren IQ fest? Wie messen sie nach, wie intelligent einer mit dem Kopf ist?«

»Das ist einfach, überhaupt kein Problem«, erklärte Oci. »Da ist die Schule. Du arbeitest im Unterricht mit. Beteiligst dich. Du wirst getestet, bekommst Zeugnisse, sammelst Punkte. In regelmäßigen Abständen gibt es die besondere IQ-Prüfung. Beim letzten Mal mußten wir uns fünf Minuten lang Worte in einer Sprache merken, die es nicht gibt. Ich erfinde ein Beispiel. Du bekommst eine Liste mit zwei Dutzend Wortbedeutungen: Schraubenschlüssel heißt Kirrp, Fahrrad Nonqaz, Raumschiff Ditte.«

»Ha«, lachte André. »Ditte heißt Raumschiff? Bist du sicher?«

»Quatsch, nur in der erfundenen Sprache!« sagte Oci.

»Die Frau mit dem blonden Strubbelhaar, die du gestern bei Kris getroffen hast, die heißt nämlich Ditte. Ich werde ihr sagen, daß sie ein Raumschiff ist«, alberte André.

»Blödmann«, fuhr Oci ihn an. »Willst du jetzt weiterhören oder nicht?«

»Doch«, sagte André. »Wenn nicht Kai inzwischen mit dem Holundersaft kommt.«

»Also, wir lernen die Wortliste fünf Minuten lang auswendig. Jetzt werden dir andere Aufgaben gestellt. Logik, Mathe. Wenn du mit denen durch bist, mußt du unter je sechs verschiedenen Worten, die du zuerst gelernt hast, ein richtiges bestimmen. Zum Beispiel Ixupad, Perilussu, Shab, Nonqaz, Iziwe, Belk. Bitte, hast du behalten, was Fahrrad heißt?«

André zuckte die Schultern. »Es langweilt mich. Ich kann überhaupt nichts damit anfangen. Daß ihr das mit euch machen laßt! Das gibt doch keinen Sinn.« Er drehte den Binsenhalm um seine Finger. »Übrigens finde ich das mit der IQ-Karte ungerecht. Du sagst, sie stellen fest, was einer in seinem Kopf hat. Aber einen Teil davon bekommst du doch schon mit auf die Welt, oder? Kannst du dafür, wie du geboren bist? Willst du mir das erklären?«

»Bei uns im Werk werden nur solche Leute Väter, die den entsprechenden IQ haben«, sagte Oci heftig. »Andere werden erst gar nicht zum Kinderkriegen zugelassen. Für Frauen gilt das gleiche. Mein IQ geht in Ordnung, ich bekomme Kinder erlaubt. Und ich hoffe doch sehr, daß mir die PTA nicht jemand ins Haus schickt wie dich!«

»Danke«, sagte André, drehte sich auf den Rücken, verschränkte die Arme hinterm Kopf und machte die Augen zu. »Du kannst mich wecken, wenn Kai mit den Käsebroten kommt.«

Oci kaute an den Fingernägeln. Sie brütete vor sich hin, bis Kai erschien. »Was?« rief sie erstaunt. »André, du schläfst?«

»Ich schlafe nicht. Ich habe nur die Augen zu«, maulte er. »Ich mag die beiden PTA-Typen nicht mehr sehen. Sollen sie doch abhauen in ihr tolles Werk.«

Kai schaute von André zu Oci. »Habt ihr euch gestritten? Komm, Oci, iß, trink. Du auch, André. Setz dich dazu. Stell dir vor, du wärst in ihrer Haut.«
»Ja«, grollte André, »die Haut ist das einzig Gute an ihr. Was drin ist, behält sie besser für sich.«
»Wenn du sie beleidigen willst«, schimpfte Kai, »dann such dir eine andere Gelegenheit. Bei mir machst du das nicht. Ich möchte sehen, wie das umgekehrt für dich wäre. Es verschlägt dich plötzlich irgendwo hin, und du findest dich nicht mehr zurecht. Und dafür wirst du dann beleidigt. Jetzt komm, hier ist dein Brot.«
Später im Labor führte sie Oci und André an einen Tisch und wies auf eine flache Schale, aus der in fingerlangen Stengelchen gelbe Pilzsporen mit einem winzigen Köpfchen wuchsen. »Paßt auf, was ich beobachtet habe«, erklärte Kai. »Dieser Pilz ist ein Einzeller. Wenn ich den kleinen Dingern eine Nadel in die Nähe bringe, weicht das Stengelchen der Spitze aus. Ohne daß die Nadel den Pilz berührt hat! Dreimal habe ich den Versuch inzwischen gemacht. Diese Nadel hatte ich daneben justiert. Jedesmal ist das Stengelchen innerhalb von vierzehn, fünfzehn Stunden der Spitze im Bogen ausgewichen. Nun frage ich mich, wie das funktioniert. Schließlich hat der Pilz keine Augen. Er gehört zu der Sorte von allereinfachsten Lebewesen. Trotzdem reagiert er, als sei er fähig, seine Umgebung mit Licht, Wärme, Wind völlig wahrzunehmen, und als hätte er gelernt, wie man einem drohenden Zusammenstoß ausweicht. Daran arbeite ich im Augenblick.«

Oci nickte. André stieß sie in die Seite. »Bitte, was meinst du, wie viele IQs bekäme Kai bei euch auf ihre Karte?«

»Ach, hör auf«, erwiderte Oci. »Fang jetzt nicht wieder davon an.«

Als sie mit André zurück ans Materiallager kam, holte Oci ihr Graubuch und verzog sich an einen Sonnenfleck. Sie studierte die Stellen, die sie in der Schule unterstrichen hatte, zweimal und dreimal, bis sie merkte, daß sie las, ohne den Zusammenhang zu begreifen. Sie schlug das Buch zu, steckte es in seine Hülle, legte es im Lager auf eine hohe Kante und suchte Seife, damit sie ihren Overall waschen konnte. Dann ließ sie sich in der Dampfkammer durchschwitzen, übergoß sich mit kaltem Wasser und striegelte ihre Haut mit jungem Fichtengrün, bis sie glühte. Nachmittags rannte sie mit André durch den Wald. Sie schaukelten unter Ästen, balancierten über aufliegende Bäume, flankten über totes Holz. Dann liefen sie wieder durch ein Meer von Farnen, bückten sich nach Pilzen, und André pfiff, sang, lief voraus, wartete, schlenderte hinterher. Sie setzten über Bäche, zogen sich an den Händen, spielten Versteck hinter Efeuvorhängen, bis sie außer Atem waren. Langsam folgten sie einem Bachlauf, als André mit einem Ruck stehen blieb. Er winkte Oci zu sich hinter einen Schwarzerlenstamm und legte den Finger über die Lippen. »Es kommt jemand«, flüsterte er.

Oci lehnte an den Stamm, suchte in ihren Kittelta-

schen, fand ein Stück Brot, brach es und gab André ab. »Ich höre nichts«, sagte sie.
»Psst«, machte André und zeigte den Bach hinunter in die Büsche. Oci sah eine Frau, zwei Männer, wieder eine Frau, die nacheinander durch den Bach wateten und den Hang aufwärts stiegen. Sie hatten kurze Haare, waren fast kahl geschoren, und als die letzte Frau sich in ihre Richtung wandte, sah Oci, daß ihre Augen blicklos waren. Sie zuckte zusammen. André hielt ihr die Hand über den Mund. »Es sind Windgänger«, raunte er ihr zu. Die Frau war weitergegangen. Ihre Gefährten blieben stehen, und die Frau berührte sie. Jetzt drehten alle die Gesichter in die Richtung der Schwarzerle. Auch die andere Frau und einer der Männer hatten jenen augenlosen Blick, der Oci durchdringend sehend schien. Sie atmete auf, als die Gruppe ihren Weg fortsetzte. André kaute schweigend sein Brot. Er schaute den Leuten nach und rührte sich nicht vom Fleck, bis Oci ungeduldig fragte: »Was bleiben wir stehen? Komm, wir rennen weiter.«
»Ich möchte nicht mehr«, antwortete André. »Ich glaube, sie gehen zu uns an den See.«
»Was sind das für Leute?« fragte Oci. »Sie sind unheimlich.«
»Sie leben mit geschlossenen Augen«, erklärte André. »Manche wenigstens. Der zu uns guckte, ist vermutlich entweder stumm oder ohne Gehör. Jeder, der zu ihnen gehört, muß den anderen einen seiner Sinne abgeben. Das Gehör, die Augen oder die Stimme. Trotzdem

gehen sie durch den Wald, ohne daß du ihren Schritt merkst. Es sind Windgänger.«
»Was ist das für ein Name? Warum heißen sie so?« fragte Oci.
»Vielleicht, weil sie immer wie aus dem Nichts auftauchen«, meinte André. »Sie setzen sich unter uns, hören zu, erklären etwas, zeigen einen neuen Handgriff, führen eine schwierige Rechenoperation vor. Sie sind da, essen und trinken mit den Leuten, dann sind sie wieder verschwunden. Eben wie der Wind. Du spürst ihn, aber du weißt nicht, woher er kommt und wohin er geht. Sie folgen dem Allwind, sagt Stanko.«
»Allwind?« fragte Oci. »Was ist das für eine Bezeichnung? In unserem Werk gibt es das Wort nicht. Wenigstens habe ich es noch nie gehört.«
André antwortete mit einem eigentümlich summenden Wort. »So heißt es in unserer Sprache«, sagte er. »Genau kann ich es nicht übersetzen. Außerdem ist es nicht so wichtig. Die Windgänger selbst gebrauchen keine Bezeichnung für sich. Wir ja auch nicht.«
»Großer Glitch, und das funktioniert?« zweifelte Oci. »Kabip und ich gehören zur Belegschaft der PTA. Das ist unsere Staatsangehörigkeit, wenn du so willst, obwohl der Ausdruck nicht paßt. Wir haben keinen Staat mehr. Bei uns regelt sich alles über die Produktion. Jedenfalls, wir sind PTA-Leute. Das ist klar. Ehrlich, André, ihr habt wirklich keine Bezeichnung für euch zusammen? Ich kann mir nicht vorstellen, wie das läuft.«

»Ich sehe da keine Schwierigkeit«, antwortete André. »Für euch ist es nur ungewohnt. Ich habe einmal mitbekommen, daß Kabip uns weiße Buschis nennt. Was will er damit sagen?«
»Buschis sind Leute, die keine Werksangehörige sind. Sie leben wild im Busch, haben keine festen Wohnplätze und ernähren sich von Wurzeln und Jagd. Buschmänner sind primitiv«, erklärte Oci verlegen. »Ich mag es nicht, wenn Kabip euch mit denen vergleicht.«
»Oh, das macht nichts«, sagte André und lachte. »Deine Buschis gefallen mir. Jedenfalls besser als dieser Mann Kabip. Bei euch im Werk muß wohl alles seinen Namen haben. Wir sehen das anders. Wir mögen auch für uns selbst keine Dauernamen. Jetzt heiße ich zum Beispiel André. Der Name gefällt mir. Aber vielleicht nenne ich mich Oci, wenn du weg bist. Darf ich? Alle müssen sich dann an meinen neuen Namen gewöhnen. Ich auch. Und wir erinnern uns an dich.«
»Was du für Einfälle hast«, staunte Oci. »Hast du denn schon mal einen anderen Namen gehabt?«
»Ja, vor ein paar Jahren. Dann habe ich mich umbenannt. Als wir von den Rhönbergen hier an den See zogen. Feli hieß ich davor.«
»Und wie ist das mit deinen anderen Leuten?« erkundigte sich Oci fassungslos. »Jana, Kris?«
»Wir alle machen das«, erklärte André. »Wir wechseln unsere Namen, weil wir nicht so festgelegt sein wollen. Du rufst André, ich antworte und komme, und du

meinst, du hast mit dem Namen auch mich. Und ich gewöhne mich an meinen Namen und bin schließlich das, was du und andere in mir sehen. Dein Name nagelt dich fest. Du wirst ein Ding, das man im Griff hat. Aber du darfst dich nicht festhalten lassen, du änderst dich doch.«

Oci lachte, bis ihr die Tränen kamen.»Du, André«, japste sie, »ich stelle mir vor, wir würden das in Asania so machen wie ihr. Dauernd unsere Namen ändern! Unsere Datenbank könnte zumachen. Die ganze PTA funktionierte nicht mehr. Und was wird mit meinem schönen IQ-Scheck? O Mann, sowas wie ihr, das darf nicht wahr sein. Euch hat der Große Glitch gestreift.«

»Sag das nicht«, rief André ihr zu. »Wir machen darüber keine Witze wie ihr.«

In der Wohnwabe Andrés war Oci spätabends eingeschlafen. Nachts wachte sie auf. Die Wabe schwankte leise. Es ist wie auf der *Nhlakanifo*, wenn sie festliegt und auf Wind wartet, sagte sie sich. Ihr fielen die Windgänger ein, die sie am Bach gesehen hatten. Gestern bei ihrer Heimkehr hatten sie unter Andrés Leuten gesessen. »Sie wollen morgen etwas aufführen«, hatte ihr André vorm Einschlafen erzählt. »Ich habe es von Mirko.« Oci strengte ihre Augen an, versuchte durch die Nachtschwärze zu sehen, lauschte. Irgendwo war der verlorene Ruf eines Vogels, Frösche quarrten, Äste rieben aneinander, in den Blättern konnte man den Wind hören. »Du, André«, sie stieß

den schlafenden Jungen an, »ich kann nicht schlafen. Was ist, wenn es Sturm gibt?«
»Uiih«, stöhnte André. »Wir fliegen weg, was sonst.«
»Du bist ganz schön verrückt, aber ich mag dich«, raunte Oci ihm zu und biß ihn ins Ohrläppchen. André blies einen Kuß in die Luft. Sie kringelte sich um ihn und schlief wieder ein.
In den ersten Morgenstunden arbeitete Oci mit Kris und Marten in der Windbruchpflanzung. Sie setzten Stecklinge, banden Ranken auf und setzten Kompost um. Marten hatte die Faulgrube entlüftet. Es stank nach Jauche, Stall und Mist. »Wir haben östlichen Wind, im Wohnbereich merkst du nichts davon.« Marten nickte Oci zu. »Du kannst mit mir gehen, Faulschlamm ausheben. Wir schaffen ihn hierher. Er soll sich an der Luft weiter zersetzen. Wir düngen damit.«
Oci schleppte stundenlang die baumelnden Alueimer am Jochholz von der Faulgrube bis zum Wildgatter. Es tat gut, sich anzustrengen.
Zwischendurch kniete sie wieder bei Kris und arbeitete neben ihr in den Hügelbeeten. »Ich möchte auch Kinder bekommen«, sagte sie. »Aber wie ist das mit so einem dicken Bauch? Wie kannst du damit laufen? Tun dir nicht die Beine weh?«
»Manchmal schon«, erklärte Kris. »Aber da ist Joka, weißt du, er macht den Käse. Der hat wunderbare Hände. Er massiert mir die Beine, den Rücken bis in den Nacken und die Arme. Dann stockt das Blut nicht,

meint Joka, und unser Baby wird gut mit Sauerstoff versorgt.«
»Und denkst du daran, wie das Kind bei dir herauskommt?« fragte Oci. »Hast du Angst, es tut dir weh?«
Kris lächelte. »Du bist wie unsere beiden Mädchen, Pat und Ron. Ständig muß ich ihnen alles erzählen, jeden Tag dasselbe noch mal! Ob ich jetzt extra viel essen muß. Wie ich mich nachts hinlege, daß ich unser Baby nicht quetsche. Alles und jedes, und dauernd fühlen sie an meinem Bauch, wie das Kleine sich bewegt. Oci, wenn du mal eins bekommst, wirst du merken, wie dein Körper von allein alles richtig macht. Du kannst dich auf ihn verlassen. Angst habe ich jedenfalls keine. Übrigens wird es bald so weit sein. Es ist schon tiefer ins Becken gerutscht. Vielleicht seid ihr noch da, wenn es kommt. Dann kannst du es sehen.«
»Hoffentlich«, sagte Oci ernsthaft. »Ich möchte probieren, wie das ist, mit einem Baby auf dem Arm. Bis gleich, Kris, ich laufe wieder zu Marten.«
Später war sie mit André unterwegs. Vorher hatte sie Kabip und Mirko am Materiallager getroffen. Kabip sah Andrés Leuten zu, die unter den Baumkronenästen an den Plattformen arbeiteten. Offenbar fügten sie mehrere davon zu einer größeren Fläche zusammen.
»Das ist für heute abend«, sagte André.
»Was machst du denn den ganzen Tag lang, Junge?« forschte Kabip. »Ich sehe dich so gut wie nie.«
»Ich helfe irgendwo, und ich bin mit André zusammen«, antwortete Oci.

Der Steuermann zog sie zur Seite und meinte: »Mach bloß nicht in Verbrüderung mit den Baumläufern!« Er warf einen Blick auf André und Mirko. »Der Mann da bei deinem Jungen, der ist allerdings okay. Aus dem könnte ein brauchbarer Werksangehöriger werden. Ich begucke mir die technischen Anlagen, die sie hier haben. Er zeigt sie mir und fragt mir Löcher in den Bauch, wie das im Werk läuft. Junge, ich sage dir, totaler Schrott, der hier installiert ist. Sie buddeln tatsächlich alles und jedes aus dem Müll. Stell dir vor, sogar Kunststoffrohre für die Wasserversorgung haben sie irgendwo aufgetrieben. Jede Menge Vorrat davon hätten sie, sagte mir der Mann. Na ja, ich bastele überall ein wenig herum. Es macht zwischendurch fast Spaß. Ich komme mir vor wie ein Entwicklungshelfer unter den Buschis. Heute nehme ich mir die Pumpanlage vor. Okay, du kannst gehen.«

Sie kamen wieder am See vorbei. Oci dachte an den gestrigen Streit. Wir müßten uns aussprechen, sagte sie sich. André hat es ein paarmal versucht. Aber wie schaffe ich das? Er ist sich seiner so sicher. André redet, um recht zu behalten. Und ich? Ich muß meinen letzten Rest Sicherheit gegen ihn verteidigen. Das bißchen, das ich überhaupt noch habe. Warum begreift er das nicht?

Sie kam sich wie ertappt vor, als André anhielt, sie gegen die Nase stupste und wissen wollte: »Was ist? Denkst du an gestern, Oci? Wie wir uns angeschrien haben?«

»Ach, nichts ist«, wehrte sie ab, »schon gut.« Großer Glitch, dachte sie verzweifelt, es ist eben nicht gut. Ich trickse mich nur selber aus. Sie fiel André um den Hals und drückte ihren Kopf gegen seine Schulter. »Halt mich«, bat sie. »Drück mich fest. Daß ich dich spüre. Noch fester. O André, was ist es nur? Ich komme nicht klar mit mir. Ich weiß nicht, was ich denken soll, von dir, von mir, von uns, von euch.«

Oci merkte, wie André versuchte, ihre Empfindungen nachzufühlen. »Ich weiß nicht, was mit uns ist«, sagte er schließlich. »Wir geraten aneinander, tun uns weh. Ich fühle mich schlecht, richtig übel danach. Auch jetzt, wenn ich an unseren Krach denke.« Er sah sie niedergeschlagen an. Oci wich seinen Augen aus. »Du«, sprach er sie an, »ich möchte zu meinem Baum. Er steht drüben im kleinen Windbruch. Gleich in der Nähe. Gehst du mit?«

Es war eine Platane, erkannte Oci. Platanen hatten sie auch auf dem Werksgelände. Sehr viele sogar. Aber diese hier sah sehr alt aus.

»Sie war bereits ein alter Baum in den kurzen Tagen«, sagte André. Er zog Oci um den breiten Stamm und wies auf mehrere Metallsplitter. »Die sind damals hineingefetzt. Auf einem ist ein Zeichen, hier, sieh mal.«

Sie erkannte drei halb übereinanderliegende Reifen, darunter *Widiastahl.* »Wenn der Baum erzählen könnte, was er gesehen hat, damals«, sagte sie.

»Ja«, André nickte, »daran hab' ich auch gedacht.

Wenn du hinten im Bruch bist, siehst du ihre dürren weißen Wipfeläste. Ich sitze ab und zu hier. Lehne mich an den Stamm. Ich stelle mir vor, wie der Baum das Wasser in sich hochstaut. Da, hörst du, wie das Laub den Windschwall abfängt? Die Blätter reiben aneinander, fächeln die Luft hoch. Sie atmen, manchmal kannst du es riechen. Auch deswegen wohnen wir lieber in Bäumen als auf dem Boden. Der Wald verarbeitet noch immer Radioaktivität vom Ende der kurzen Tage.« Er drückte seinen Rücken an die Rinde. »Ich bleibe noch. Wenn du magst, kannst du dir den Baum von dahinten aus ansehen.« Er setzte sich, zog die Knie hoch, schloß die Augen und lehnte seinen Kopf an den Stamm.

Oci streifte durch Flattergras und Farne, setzte sich am Ende der Lichtung ins Gras und sah hinüber zu dem weißen Totholz, das aus dem Laubwerk der Platane stak. Es ist Andrés Baum, dachte sie. Er reibt die Schultern an seiner Rindenhaut. Er riecht ihn, wenn er atmet. Ihr Blick blieb in der Platane. Sie träumte mit offenen Augen, sah die Wolkenränder über der Baumkrone, merkte den Wind auffrischen, spürte ihn in ihren Haaren. Grüntöne flirrten vor ihren Augen. Sie sah sich selbst liegen, schlafen, atmen.

Sie spürte eine leichte Berührung hinter ihrem Ohr, schlug die Augen auf und sah André neben sich knien. »Du hast geschlafen«, sagte er. »Eine ganze Weile. Ich habe mich neben dich gesetzt, und dann habe ich dich geweckt. Hast du's gemerkt? Ich habe dir hinters Ohr gedrückt.«

Oci blieb liegen, legte den Arm unter den Kopf und schaute auf. »Ich habe geträumt«, sagte sie. »Ich konnte mich betrachten, wie du mich jetzt siehst. Ich erkannte mein Gesicht, beobachtete mich, sah meinen Körper, den Kittel, meine Beine. Sogar die Schuhe. Hier unten lag ich. Großer Glitch, das ist vielleicht ein komisches Gefühl, wenn du dich selbst siehst, wie wenn du jemand anders wärst. Hast du dich schon im Traum gesehen, dein Gesicht im Schlaf? Du kommst dir vor wie dein Doppelgänger. Aber du bist es selbst.«

André steckte einen Halm in den Mund und kaute. Oci setzte sich, blickte zu der Platane. »Zuletzt, bevor ich eingeschlafen bin, habe ich sie gesehen. Und mir war, als sähe sie mich auch.«

André schaute sie an und fragte: »Hast du's noch nie gemerkt? Die Welt um dich herum sieht. Das Gras, die Bäume, dieser Baum. Tiere beobachten dich, wenn du durch den Wald kommst. Alle sehen sie dich, jeder anders.«

»Wie soll ein Baum mich sehen? Ich mag nicht so denken wie du, André«, protestierte sie. »Ich wehre mich dagegen.«

»Ich meine es anders«, erläuterte André. »Der Baum sieht dich nicht mit Augen, nicht wie ich dich sehe. Aber er nimmt dich wahr. Oci, du mußt spüren, wie die Welt dich ansieht, sonst gibt sie keinen Sinn.«

»Ich weiß nicht, ob ich das will«, antwortete Oci und atmete tief. »Ständig beobachtet werden, das wäre zum Fürchten. Ein Alptraum.«

»Oder du würdest dich beschützt fühlen. Du brauchst nicht mehr Mittelpunkt zu sein. Du bist mit deiner Umwelt verbunden, in sie verflochten, mit ihr zusammen ein Ganzes, aus dem du nicht herausfallen kannst. So empfinde ich es«, sagte André.

»Ich möchte jetzt weg von hier«, erklärte Oci bestimmt. »Du hast dich lang genug an deinem Baum gerieben. Wenn dieser Traum nicht gewesen wäre, würde ich denken, du bist total verrückt.« Sie warf noch einen Blick zu der wipfeldürren Platane. »Komm«, rief sie dann, »wir laufen. Wer zuerst bei der Sauna ist, auch wenn ich im Wald gegen dich keine Chance habe. Los!«

Ich werde zum Saunadauergast, dachte Oci, streckte sich und betrachtete ihre Beine. Die Salzgeschwüre waren abgeheilt. An der Ferse entdeckte sie eine Zecke, drehte sie aus der Haut und rieb sich mit Fichtengrün ab. Sie zog ihre Wäsche über, schlüpfte in den Kittel und ging aus der Tür. Hinten in den Kronenästen hörte sie pochenden Rhythmus, Musik. Sie fuhr sich durchs Haar und lief am Materiallager vorbei. Auf der Türschwelle saß Kabip, ganz allein. Oci stockte. Sie stellte mit Verwunderung fest, daß ihr Angstgefühl ihm gegenüber verschwunden war. Eher überkam sie bei seinem Anblick der Wunsch, ihn zu trösten, sich zu ihm zu setzen. Kabip arbeitete mit der Lötlampe. Ohne aufzublicken sagte er: »Junge, die machen Musik. Klimperlieder. Wie die Buschis. Oben, in den Bäumen. Hör dir das an!«

»Kommst du nicht?« fragte Oci und schaute in Kabips graudurchzogenes Kraushaar.
»Soweit kommt's«, schniefte er. »Mich bringt keiner auf die Bäume. Wenn ich mit dem Ding hier fertig bin, gehe ich in den Busch und schieße, was mir vor den Lauf kommt. Ein Karnickel, einen Hasen, irgendwas. Oder ich greife mir ein paar Fische aus dem Bach. Ich muß mal wieder was Vernünftiges essen. Kommst du mit? Wir machen uns Feuer irgendwo und essen uns rundum satt.«
»Ach, ich habe keine Lust, ich suche André«, erklärte Oci. »Dann schieß mal schön.«
Der Steuermann starrte sie an, schüttelte den Kopf.
Gleich in der Nähe hing ein Kletternetz, das gestern noch nicht da gewesen war, und eine Hängebrücke führte in den mittleren Plattformbereich. Ständig basteln sie weiter daran herum, dachte Oci belustigt. Schon heute könnte ihr grünes Schiff bequem das Zehnfache an Leuten verkraften. Aber nein, sie bauen es noch aus. In ein paar Jahren ist das ganze Stück bis an den See eine Baumwohndschungellandschaft. Oci kletterte hoch, lief gebückt durch einen Röhrengang, landete an einer Mooswand, pendelte an einem Seil und entdeckte durch eine Lücke im Blättervorhang die zentrale Plattform. Ihr erster Gedanke war: Wirklich, wie bei den Buschis im Werksreservat. Der Mann mit den blicklosen Augen klimperte tatsächlich auf einer Sansa. Nur waren bei den Buschleuten die Schwingzungen über dem Resonanzboden flache Holzstück-

chen, hier bei dem Instrument waren sie wohl eher aus Metall.
Oci stieß André an und zeigte auf die Frau neben dem Sansaspieler. »Sie spielt auf der Sitar«, flüsterte er. Oci erinnerte sich. Ja, sie hatte so ein Saiteninstrument mal im Werksmuseum gesehen. Die zweite blinde Frau hantierte mit einer Reibtrommel, der sehende Mann blies eine bauchige Flöte. Eine kurze Tonfolge der Sansa unterbrach die Musik.
Der Sansaspieler sprach die Zuhörer an. Oci verstand ihn nicht. Er redete in der summenden Sprache von Andrés Leuten. »Sie berichten vom Ende der kurzen Tage«, erklärte André leise. »Was ihr den Großen Glitch nennt. Paß auf, es geht los.«
Die Musik setzte ein. Ron und Pat klapperten mit Holzklatschen. Die Sitar übernahm die rhythmische Führung, Jana drehte ein Schwirrholz. Dann sprangen Lou, André, Kai und Mirko auf, gingen langsam auf die Windgänger zu, hockten sich mit hochgezogenen Knien zwischen sie, rückten zusammen, bis sie zu einem dunklen Knäuel verschmolzen. Der Rhythmus wurde hastiger, schneller. Das Baumholz schien mitzuschwingen. Wie wenn ein Kristall wächst, dachte Oci. Ein eintöniges, die Haut spannendes, erregendes Geräusch aus Rhythmen und Tonfolgen.
Stanko kniete neben Oci und trommelte mit flachen Händen auf die Plattform. Die Sitar stockte, schlug einen stakkatoförmigen Rhythmus an. André und Lou, Mirko und Kai waren aufgesprungen, liefen, traten auf

der Stelle, ruderten mit den Armen, verzweifelt bemüht auszubrechen, Widerstand zu formieren. Der Sansaspieler zupfte eine einförmige Begleitung zu den Stampfbewegungen. Ihr Schritt wurde schleppender, bis sie erstarrten, die Köpfe in die Arme vergruben.
Die Musik überschlug sich, gellte in den Ohren. Oci sah entsetzt um sich. Die Zuhörer saßen mit zusammengezogenen Schultern, steif, die Finger verkrampft. Ron hatte die Klapper fallen gelassen, ihr Kopf pendelte, der Mund stand offen. Das dürfen die mit den Leuten nicht machen, ging es durch Ocis Kopf. Die Darstellergruppe stellte sich neu auf. Anklagend, zu einer Mauer. Mehrere Frauen und Männer, darunter Stanko und Jana, erhoben sich, schlossen die Augen, richteten die blinden Gesichter anschuldigend auf den Sansaspieler. Der riß mit dem Fingernagel zusammenhanglose Töne aus der Sansa, raste mit den Fingern über den Resonanzboden und hielt ein.
Oci merkte, daß sie den Daumennagel abgerissen hatte, sie schmeckte Blut im Mund. Die Darsteller lagen verkrampft auf der Matte. Der Sansamusiker hob den Kopf. Er lächelte traurig, machte tastende Bewegungen mit der freien Hand. Seine kahlköpfigen Mitgeschwister streckten ihre Arme aus, suchten einander, berührten sich. Ein Windschwall fuhr heftig durch die Laubkronen. Immer deutlicher formte sich der Wind, vibrierte, die Instrumente nahmen seine Bewegung auf, fanden zueinander. Die Gesichter der Darsteller lösten sich. André taumelte auf, Ron und

Pat rannten zu Kris, faßten nach ihren Händen. Oci ging zu André, legte seine Finger an ihre glühende Backe, drückte sich an ihn.
Erst spät am Abend, bei Jana, schlief Oci ein. Mit einem Druck in den Ohren, einem Summen, das sie bis in den Schlaf verfolgte. Die Windgänger hatten sich nach der Aufführung zwischen die Leute gesetzt. Kris lächelte einer der blinden Frauen zu, hob deren Hand, legte sie auf ihr Ungeborenes, hielt sie dort fest. Der Wind wurde stärker, die Gruppe rückte enger zusammen. Oci strubbelte Ron durchs Haar. Ron atmete tief, schlang die Arme um sie. Das Licht begann zu flackern, setzte aus, leuchtete noch einmal matt und blieb weg.
»Jetzt hängt der Generator fest«, erklärte Mirko halblaut. Keiner antwortete. Sie hatten sich eng aneinandergedrückt schlafen gelegt.

Kabip nahm die Nachricht, daß der Generator ausgefallen war, mit einer achselzuckenden Gleichgültigkeit auf, die Oci erstaunte. »Wie weit seid ihr mit dem Tuch auf dem Webstuhl?« fragte er Ev.
»Ich kann nicht beurteilen, wieviel ihr braucht«, meinte sie. »Kommt mit, schaut es euch an.«
»Das reicht eben für das Vorsegel«, stellte der Steuermann fest, als sie im Materialraum standen. »Wir brauchen entschieden mehr.«
»Mit der Hand kann das Wochen dauern«, erwiderte Ev bedauernd. »Wir haben nur diesen einen Webstuhl. Ich webe auch, ich kann es beurteilen.«

Kabip drehte sich zu Oci um. »Da heißt es unsere Sachen packen, das Boot wiederfinden. Wir müssen sehen, wie weit wir mit dem Motor kommen. Wenigstens mit Proviant sind wir versorgt. Das Brot ist nämlich fertig.«

»Oder«, warf Mirko ein, »wir machen uns umgehend auf den Weg und holen uns einen Generator unten in der Seestadt.«

Kabip kniff die Augen zusammen. »Wie lange rechnest du dafür?«

»Oh, das ist keine große Sache«, meinte Mirko. »Der Weg nach Köln ist gut, einer der leichtesten Laufwege, die ich kenne. Nicht weitab von hier führt er in westlicher Richtung genau auf die Stadt zu. Er läuft mit einer ehemaligen Autostraße. Ich rechne höchstens zwei Tage hin, vielleicht einen halben mehr zurück. Den Generator zerlegen, reinigen, zusammensetzen, anschließen, das ist noch ein Tag, alles zusammen...«

»...mehr als fünf Tage«, stellte Kabip fest. »Und du hast dabei noch vergessen, daß wir so eine Maschine erst mal finden müssen.«

»Das ist kein Problem, wirklich, überhaupt nicht«, beteuerte Mirko eifrig. »Ich sehe die Halle, wo wir den letzten Generator geholt haben, noch vor mir. Ja, es liegt jede Menge Dreck über den Dingern, aber ich wette, sie haben da unten mindestens noch ein gutes Dutzend von diesen Strommaschinen. Steuermann, das wäre eine Sache, wenn du mitkommst! Als technischer Fachmann. Mit technischen Sachen hat keiner

von uns soviel drauf wie du. Vielleicht finden wir einen Generator, der sogar mehr Leistung bringt als der alte an der Staumauer.« Mirko hüpfte begeistert um Kabip herum.
»Ich weiß nicht«, zweifelte der Steuermann. »Jedenfalls müßten noch Leute von euch mit.«
»Klar, ich würde sagen, drei außer mir«, nickte Mirko. »Die haben wir gleich zusammen. Wir sind ja auf den Strom angewiesen. Es bleibt uns nichts übrig, als die Maschine auszutauschen. Oder wir müßten versuchen, den Generator unten am Wehr doch wieder zum Laufen zu bewegen.«
»Aber ohne mich«, sagte Kabip. »Das Ding hat Schrottwert. Okay, dann gehen wir also zu eurer Seestadt. Und du kommst mit, Mädchen. Wir müssen uns gegenseitig den Rücken freihalten.«
Oci nickte und merkte, wie ihr die Hände kalt wurden. Sie dachte an André. Aber der ging mit, zusammen mit Huschke und Joka und natürlich Mirko. Sie marschierten noch am gleichen Morgen los. Die Männer und André gingen mit Weidenkiepen voran, Kabip und Oci folgten. Kolja, Andrés Kolkrabe, begleitete sie. Oft saß er auf dem Korbrand des Jungen, klammerte sich fest und versuchte, in der Kiepe zu stöbern. Kabip musterte den Vogel aus schmalen Augenschlitzen. »Bleib mir bloß vom Leib«, drohte er und schlug gegen den Kolben des Sturmgewehrs. Oci hielt sich hinter ihm, damit sie den Raben und Kabips roten Rucksack im Auge behalten konnte.

Der Wald, mit niederem Holz unterstanden, war gut zu begehen. Ein Hindernis bildeten jedoch die vielen Wasserläufe und Bäche, die sie überqueren mußten. André und seinen Leuten war freilich auch nach Stunden noch keine Anstrengung anzumerken. Ihr Fortkommen war mühelos und leicht, während Oci sich den Schweiß von den Augen wischen mußte. Ihre Beine brannten von Nesselhärchen und ratschenden Himbeerdornen. Hätte ich bloß meinen Overall angezogen, dachte sie reuevoll.

An einem stärkeren Flußufer mußten sie nach einer Furt suchen. Kabip wäre mitsamt seinem Gewehr beinahe der Länge nach untergetaucht, wenn André nicht schnell zugegriffen hätte. Eine Stunde später stießen sie auf die Autobahnstraße. Sie war frei von hohen Bäumen, aber Wurzeln hatten sich unter ihren Rand gebohrt, hatten die äußere Fahrbahn aufgesprengt und waren an einigen Stellen bereits bis in die Mitte des Fahrstreifens vorgedrungen. Auch im Mittelstreifen, wo verzogene Metallplanken hier und dort die Trasse begleiteten, hatten einzelne Bäume, vornehmlich Birken und Hainbuchen, Fuß gefaßt. Sonst bedeckten Holunder, Schwarzdorn und Hartriegel, Mohn und Ackerwinde das aufgewehte und zugeschwemmte Erdreich. Deutlich führte ein gewundener schmaler Pfad durchs Gebüsch. Die Spur von Menschen, dachte Oci. Sie zeigte auf niedergedrückte Windhalme und blickte André an.

»Ja«, sagte er. »Ich kann nur hoffen, daß wir keinem

begegnen. Wenn ich an die Alutöpfe in unseren Kiepen denke und an die übrigen Sachen, Kupferschmuck, Schafskäse, Kittel, das Brot, dann wird mir anders. Ich wollte, wir wären mit unserem Generator schon auf dem Rückweg.«

»Wozu schleppt ihr eigentlich all die Sachen mit?« fragte Oci.

»Wir müssen bezahlen«, antwortete André. »Bei Köln werden wir Sülz und seine Leute treffen, darauf kannst du dich verlassen. Die Steine möchte ich nicht an den Kopf haben, wollten wir ohne seine Erlaubnis die Stadt betreten.«

Mirko nahm den Korb ab und bückte sich. »Hufspuren«, verkündete er.

»Sind es Reiter?« fragte Kabip.

»Kann ich nicht sagen«, murmelte Mirko. »Was meinst du, Huschke? Wildpferde oder doch Berittene?«

»Ich halte es für Wildpferdspuren«, antwortete Huschke, ein untersetzer Mann mit tiefer Stimme. Er blieb stehen, schaute sie der Reihe nach an, ließ den Blick auf Oci und auf Kabip ruhen und fuhr gedämpft fort: »Wir sind auffällig. Unsere Körbe, eure schwarze Haut, die roten Rucksäcke. Das reicht für gewisse Leute. Haltet die Augen offen.«

Gegen Nachmittag machten sie Rast. Sie legten ihre Gepäckstücke ab. In Kabips Rucksack klirrte das Werkzeug. Die Trasse führte jetzt an einem Hang entlang. Oci entdeckte nicht weit unterhalb ein Rudel Pferde auf einer Naßwiese. Sie zählte drei Fohlen, mehrere halbwüchsige Jungpferde, vier Stuten und einen Hengst. Die Tiere weideten im jungen Schilfrohr. Der Hengst hob seine Nase und schnupperte in ihre Richtung. Er schnaubte, stampfte und trabte auf den Wald zu. Die anderen Tiere folgten. Eine Jungstute hatte Mühe, sich aus einem Wasserloch zu arbeiten. Sie knickte halb ein. Oci konnte ihr hohes ängstliches Wiehern hören. »Los«, flüsterte sie, »gib nicht auf. Versuch's noch mal.« Der Hengst blieb stehen, wieherte zurück. Mit einem wilden Satz gelang es der Stute, Halt zu gewinnen und sich zu befreien. Mit flatternder Mähne trabte sie den anderen Pferden hinterdrein.

»Da, schau«, zeigte Huschke dem Steuermann. Oci guckte über seine Schulter. Huschke schabte mit dem Fuß trockenen Schlamm von einem Schild und zeigte auf die weiße Beschriftung im blauen Feld: *Köln 30 km.* »Das ist unser Ziel. Heute schaffen wir das nicht. Aber wir sind gut vorangekommen. Bald sollten wir zur Nacht einen Platz suchen. Ich habe das Gefühl, da schleicht wer um uns herum. Wir werden beobachtet.«

Als sie abermals Halt machten, ging es auf den Abend zu. Es regnete, sie waren durchnäßt. »Ich würde mich in einem Baum sicherfühlen, mir eine Blatthöhle bauen«, erklärte Huschke. »Aber was machen wir mit euch beiden?« Er schaute Oci und Kabip an.

»Mich kriegt keiner auf die Bäume«, wehrte der Steuermann ab.

»Das verlangt auch niemand«, entgegnete Huschke.

»Mit offenem Gelände haben wir aber wenig Erfahrung. Da müßt ihr entscheiden, wo es am sichersten für uns ist.«
»Okay«, sagte Kabip. »Jedenfalls nicht hier. Da sind wir praktisch mitten im Busch. Wir gehen weiter.«
Bald darauf blieb er stehen, schaute sich um. »Das ist es«, entschied er. »Rechts unten der See. Über den Steilhang haben wir keine Schleichbrüder zu erwarten. Das alte Gemäuer drüben hat ein Vordach, zwischen den Wänden wird Platz für uns sein. Die Bäume stehen weit genug ab. Wir teilen Wachen ein, je zwei und zwei.«
Sie bahnten sich einen Weg durch Kratzdisteln und Ackerwinde bis zu dem fensterlosen Betonwürfel. »Da schau«, rief Kabip. »Das hat schon mehr Leuten zugesagt. Eine Feuerstelle, Trockenholz. Also bleiben wir. Unter dem Vordach kann die Wache sitzen. Schlafen können wir drinnen.«
Oci bemerkte, wie die anderen Männer die Örtlichkeit argwöhnisch musterten. Sie wechselten Worte in ihrer Sprache. Mirko machte eine wegwerfende Bewegung mit der Hand.
Sie setzte den Rucksack ab. Kabip kam, legte sein Gewehr und die Leuchtpistole darauf und sagte: »Hol deine Pistole raus, das ist eine Waffe mehr.«
Die erste Wache war auf André und sie gefallen. Nachdem die anderen sich schlafen gelegt hatten, löschten sie das Feuer, damit sie sehen konnten, was draußen im Gelände geschah.

Sie saßen schweigend, horchten hinaus in die Nacht. André hatte seinen Kopf an ihre Schulter gelegt. Später merkte sie, daß er schlief. Sie ließ ihn hinabgleiten, legte seinen Kopf in ihren Schoß und strich durch sein feuchtes Haar. Es geht auf Neumond zu, dachte sie. Die Nacht wird dunkel.
Oci rutschte zurück und lehnte sich an die Wand. Wie lange sie so gesessen hatte, konnte sie nicht sagen. Aber dann hörte sie etwas. Sie griff nach ihrer Signalpistole und schüttelte André. Er war unmittelbar hellwach. Beide lauschten. »Es war doch nichts«, meinte Oci.
»Doch«, flüsterte André. »Es sind Menschen. Ich höre es genau.«
Oci lud schweigend die Leuchtpistole und drückte ab. Die Kugel beschrieb einen hohen Bogen, stand still und wurde zu einer grellen weißen Sonne. Oci schattete die Augen ab. »Da«, schrie sie und zeigte auf flach gegen eine Erdwelle gepreßte Gestalten, vielleicht zwanzig Schritte von ihnen entfernt. Sie lud nach, zog ab und feuerte mitten unter sie. Die Leuchtkugel hüpfte im Zickzack über den Boden und platzte dann. Oci kniff die Augen zu. Sie hörte Schreie.
»Hier«, rief sie, langte neben ihren Rucksack und fand ihre eigene Pistole. Sie tastete nach Andrés Hand, preßte den Griff hinein. André stieß die Pistole zurück und sagte: »Ich schieße nicht.«
»Los«, zischte Oci ihn an. »Meinst du, ich lasse mich von den Wilden skalpieren?«

Kabip hustete hinter ihr. »Sie sind also gekommen.« Oci antwortete nicht, zog noch einmal die Leuchtpistole in Richtung der Bodenwelle ab. Das weißgrüne Licht leuchtete bis hinab an den See.

»Niemand mehr zu sehen«, brummte der Steuermann befriedigt. »Du hast ihnen eins drübergebrannt, Mädchen?«

»Da waren Schreie«, sagte sie. »Ob ich getroffen habe, kann ich nicht sagen. Vielleicht war es nur der Schreck, der Lichtblitz vor ihren Augen.«

Kabip klopfte ihr auf die Schulter. »Ich leg' mich wieder hin.«

Oci hielt ihn zurück. »André will nicht schießen. Wenn die anderen auch keine Pistole anrühren, müssen wir die Nachtwache zwischen uns beiden aufteilen.«

»Schlappschwänze«, knirschte Kabip. »Was soll man mit sowas anfangen? Na gut, sag mir Bescheid.« Damit verschwand er.

Als sie nach zwei weiteren Stunden aufstehen wollte, um mit Kabip zu wechseln, kamen sie erneut. Oci und André hatten bis dahin kein Wort mehr gewechselt. Er saß ein Stück von ihr entfernt, gegen die Wand gelehnt. Sie hörte seinen Atem und war beruhigt, daß er nicht schlief und wenigstens wachte. Beide zugleich vernahmen sie das Scharren von der hinteren Hausseite. André war mit einem Sprung auf. Sie rannte hinterher, schoß eine Leuchtkugel in die Luft und lud automatisch nach.

Das ist nicht möglich, dachte sie entsetzt. André wälzte

sich mit einem der Anschleicher. Sechs, sieben halbnackte, zottige Gestalten duckten sich, die Arme über den Köpfen, geblendet auf den Boden. Sie hob die Pistole. Zielen, schießen, treffen, hörte sie die Stimme ihres Grundausbilders, visierte mitten in die Gruppe, senkte den Lauf einen Millimeter ab und zog durch. Sie sah die Leuchtkugel unmittelbar vor den Gesichtern auseinanderspritzen, preßte schmerzhaft geblendet die Hand vor ihre eigenen Augen und brüllte: »André, André, Kabip!«

Da war der Steuermann neben ihr. »Wo hast du das Signalding, Junge?« keuchte er. Sie hielt ihm die Pistole hin. Vor ihren Augen flimmerte es.

»Munition, verdammt«, verlangte Kabip. »Das Ding ist nicht geladen.«

Oci fummelte in ihrem Taschenkleid, hörte den Steuermann durchladen. Es wurde wieder hell, und im gleichen Augenblick knatterte das Sturmgewehr los.

»Nichts«, erklärte Kabip ärgerlich. »Schade um die Munition. Sie sind verduftet. Das war's wohl. Komm, Junge, hau dich hin. Ich übernehme jetzt.«

Oci tastete sich die Wand entlang. »André«, rief sie. »Wo bist du?«

»Hier«, sagte er neben ihr.

»Du bist eine verdammt große Hilfe gewesen«, schluchzte sie aufgebracht. »Ein toller Held bist du, das muß ich schon sagen.«

André antwortete nicht. Oci blieb stehen. Der Lichtblitz vor ihren Augen war weg. Sie konnte Andrés

Schatten gegen den Hintergrund des Himmels ausmachen. Sie nahm seine Hand. »André, es ist gut. Du bist wieder da. Ich hatte einfach wahnsinnige Angst um dich. Du bist nicht verletzt?«
»Nein«, beruhigte André sie. »Ich bin den ersten angesprungen, der kam. Er war schon auf drei Schritte bei uns. Sein Messer liegt hinten im Gebüsch. Aber draufknallen wie du, das würde ich nie. Sein Schlüsselbein ist kaputt, nehme ich an. Das wird ihm reichen, eine Zeitlang.«
»Aber das ist doch hirnrissig, ohne was in der Hand loszugehen.« Oci griff sich an den Kopf.
»Wieso ohne was in der Hand? Mit der Hand!« sagte André. »Normalerweise greifen wir nicht an. Wir sind weg, einen Baum hoch, die Äste entlang, zwischen die Krone des nächsten Baums gesprungen, fertig, aus. Aber wir wehren uns schon, wenn jemand uns zu nahe kommt. Hast du Lou vergessen, die deinem Mann Kabip einfach ins Gewehr lief? Ich sehe noch sein Gesicht, als ihm die Waffe aus der Hand sprang und durch die Luft segelte. Ihr seid anders als wir, du und Kabip. Ihr geht gleich aufs Letzte.« Er holte tief Luft. »Brutal ist das.«
»Feigling, blöder Baumläufer«, stieß Oci hervor. Sie drehte sich um, ging zu Kabip, suchte im Dunkeln nach einer Decke, rollte sich ein. Zielen, schießen, treffen, wiederholte sie, bis sie einschlief.
Als einer der Männer sie weckte, fühlte sie sich wie gerädert. Joka hatte in einem Topf Tee gekocht. Oci

verbrannte sich fast die Lippen daran. Sie trank hastig, bis sie die Wärme heiß in ihrem Magen spürte. Aus den Augenwinkeln schaute sie zu André hinüber. Der lag noch, hatte die Augen zu.

»War noch was?« fragte sie Kabip. Der zog eine Grimasse. »Nichts mehr«, verkündete er. »Nur dies hier habe ich gleich neben dem Haus gefunden. Guck dir das an. Den anderen habe ich es schon gezeigt.« Kabip hielt ein Messer in der Hand und reichte es Oci. »Ich wette, das Ding stammt noch aus den besseren Zeiten, die hier mal waren. Es ist so scharf, daß es einen schneidet, wenn man's nur anschaut.« Kabip nahm ihr das Messer ab und ließ die Klinge mit einem Klick im Griff verschwinden. »Äußerst praktisch«, sagte er. »Mein Andenken an die Wilden. Das nehme ich mit ins Werk.«

Aber André hat es dem Mann aus der Hand geschlagen, es gehört André, wollte sie einwenden. Aber sie verbiß es sich. Sollte er das Messer doch selbst vom Steuermann zurückfordern!

»André«, rief Huschke, »auf, hier ist heißer Tee. Gleich geht's los. Nachmittags sind wir in Köln-an-der-See.«

André schlug die Augen auf. Er hatte nicht mehr geschlafen. Er sah zu Oci. Sie drehte sich weg.

Unterwegs wurden sie noch einmal angegriffen. Aus baumüberwachsenen Ruinen eines Bauwerks dicht oberhalb der Trasse schwirrten Pfeile. Oci hatte mit einem Griff die Leuchtpistole und schoß in die schlingpflanzenverhangene Öffnung unterhalb des Stahlträgers, wo sie glaubte, Bewegungen wahrgenommen zu haben. Die Kugel explodierte mitten in der finsteren Höhlung, der Steuermann ratterte mit dem Sturmgewehr hinterdrein, streute die Bäume ab und wollte den Hang hinauf. Huschke hielt ihn gewaltsam zurück. »Bist du oben, hast du verloren«, sagte er ruhig.

Mirko faßte hinter Ocis Rücken und zog einen Pfeil aus ihrem Rucksack, vorsichtig, um nicht mit den Widerhaken das Gewebe zu zerreißen. »Seht euch das an«, sagte er. »Die Spitze ist aus einer flachgehämmerten Münze, würde ich sagen, haarscharf gefeilt. Mit Nylonfäden festgezurrt.« Er schaute den Schaft entlang und prüfte die Befiederung der Nocke. »Das ist erstklassige Arbeit. Solche Knoten bekommt bei uns höchstens Kai hin.«

Die Männer nickten, der Pfeil ging von Hand zu Hand. André schaute Oci an. »Und was würde unser Nahkampfspezialist in diesem Fall raten?« fragte sie ihn spöttisch. »Du kannst Gift darauf nehmen, daß die genug von diesen Dingern hatten, um uns alle damit zu versorgen. Wenn Kabip und ich das Loch da oben nicht ausgeräuchert hätten, könnten eure Leute in den Bäumen lange auf euch warten. So ist es doch, gib's zu.«

André nickte langsam. Seine Augen schwammen in Tränen. Oh, dachte Oci betroffen, ich wollte dich nicht verletzen. Aber ich will dir gegenüber auch einmal recht haben.

Böiger Wind hatte im Laufe des Tages den Himmel von Wolken freigefegt. Jetzt im beginnenden Zwielicht legte sich der Wind. »Ich wollte, Sülz und seine Leute würden auftauchen. Dann könnten wir wenigstens heute nacht ruhig schlafen«, murmelte Joka. »Wir müßten eigentlich schon in seinem Bereich sein. Ein Stück links, neben dem roten Wolkenstreifen, da meldet sich schon der Feuerberg, der vor einem halben Jahr bis zu uns Asche geworfen hat.«
Oci sah im Südwesten eine weiße Wolkensäule über dem Wald stehen. »Ist es ein Vulkan?« fragte sie.
»Ja, aber eine Gänsehaut mußt du nicht bekommen«, beruhigte Huschke. »Er ist weit genug entfernt, in den Bergen jenseits vom Rheinfluß. Den Leuten in Köln schaukelt allerdings ab und zu der Boden. Sülz kann davon erzählen. Das Land hebt und senkt sich ständig. Du wirst sehen, der Fluß ist vor ein paar Jahren noch mitten durch die Ruinen gegangen. Jetzt hat er sich westlich ein neues Bett gesucht.«
»He«, rief Mirko. »Wir haben von ihm gesprochen, und da ist er! Sülz wie er leibt und lebt.« Aus Bauschutt zwischen einer Gruppe von Mammutbäumen waren sieben, acht Leute getreten. Sie sahen abwartend zu ihnen hinüber. Mirko hob die Hand. »Sülz«, grüßte er, »ich kenne deinen Namen. Und du weißt, wer wir sind?« Ein dünner Mann ihnen gegenüber nickte. Er lutschte friedlich an einem Aalschwanz. »Paßt auf«, raunte Joka. »Geht behutsam mit ihm um. Es sind lustige Leute, diese Kölner, aber sie können auch anders.«

»Das Reden überlaßt ihr besser uns«, fügte Huschke hinzu und stieß Kabip an. »Interlingua ist nicht ihre Stärke. Also los, bringen wir es hinter uns.«
Sie gingen auf Sülz zu. Joka sprach ihn an, erklärte ihr Kommen, wies auf die Körbe. Der Mann Sülz hatte keine Augen für die Baumleute, statt dessen besichtigte er Kabip und starrte Oci an. Sie bemerkte, daß sein Mund ringsum von Brandwunden entstellt war. Plötzlich warf Sülz den Aalschwanz hinter sich, tanzte um Oci herum und schrie: »Wem gehört dieses Mädchen?« Er flog auf sie zu und versetzte ihr schallende Küsse. Oci stolperte. Da war auch schon eine schmerbäuchige Frau hinter dem Mann und riß ihn keifend an den Haaren zurück. »Laß los, Föößß«, jaulte Sülz. Kabip bellte vor Vergnügen. Die anderen machten betretene Gesichter. Joka wandte sich Sülz' Leuten zu, und Föößß ließ von ihrem Mann ab. Alle zusammen gingen sie hinter Sülz auf eine rauchgeschwärzte Bachsteinmauer zu. Feuer gloste neben den Resten eines umgestürzten, zerfressenen Sattelschleppers. Sülz griff ins Führerhaus, holte einen Fackelast, brannte ihn an und rief seinen Leuten am Ende vom Zug Befehle zu. Sie stiegen steilauf über eine endlose Halde. Betonbrocken, rostige Biegeeisen, Knöterich, Ginster, Wrackteile, totes Wurzelholz, Weltuntergangsmüll. Oci sah in der Ferne das Rheindelta, die See, unter sich ausgedehnt die Ruinenfelder der Stadt: überwucherte Straßenzüge, zerknickte Gittermasten, zusammengesunkene Hochhäuser. Auf schief gegen

den Boden geneigten Apartmentblocks wuchs Buschwerk. Metallverhaue knäulten sich über Geröllschluchten, Eisenträger und Schornsteinstummel starrten aus den Schuttgebirgen. Oci fühlte, wie der Ekel ihr auf den Magen drückte.
Der Mann Sülz war unterdessen in einen Schacht gestiegen. Die Gruppe drängte ihm nach. Oci tauchte ins Dunkel. Es ging treppab, nach einem Absatz wiederum Stufen. Dann waren sie unter der Erde. Die rauchige Flamme warf flackerndes Licht in einen breiten Stollen. Der Gang führte geradeaus. Oci stolperte über Schwellen, bemerkte das glatte Profil einer Schiene, sah Kabel an den Wänden entlangführen, verhedderte sich in Drähten, hörte die fremden Stimmen der Leute von Sülz hinter sich. Der dunkle Stollen lief weiter. Sie stiegen über niedergebrochene Gewölbeteile, kamen durch hallende Räume, orientierten sich an Flecken von Tageslicht und tauchten wieder in die Finsternis. Der Feuerast blakte, schmorte, verlosch.
Sie tasteten sich weiter, den Rufen von Sülz und Föös hinterher. Oci hörte, wie Kabip scharf den Atem einzog. Etwas Weiches stieß gegen ihre Füße. Mjuda, dachte Oci, wenn du doch bei mir wärst. Wenn ich wenigstens spüren könnte, daß du an mich denkst. Wo mag André stecken? Irgendwo hinter mir. So weit weg, daß es ihn schon nicht mehr gibt.
Plötzlich rief Föös laut etwas nach hinten. Dann kamen wieder Stufen, viele Stufen. Sie führten aufwärts.

Endlich standen sie im letzten Tageslicht inmitten der Ruinen von Köln, der gestorbenen Stadt an der See.
Sülz war stehengeblieben und wartete, bis die letzten aus dem Schacht stiegen. Dann wandte er sich um und ging auf einem schmalen Pfad zu einem Gebäude, über dessen oberstem Stockwerk Säulenstümpfe zwischen Birkengestrüpp ins Leere ragten. Sie folgten im Inneren einer aufwärtsführenden Rampe. Rutschiger Sand erschwerte das Gehen. Dann standen sie in einem weiten, von Tragepfeilern gestützten Raum. Leute warteten dort. Jemand warf harziges Holz in eine riesige Glut. Oci trat auf die Reste von Fischen, auf Abfall und madigen Schleim. Sie lehnte gegen eine Säule, ganz benommen vom Rauch und den ätzenden Gerüchen.
Fööß und Sülz kauerten beim Feuer und winkten die Baumleute heran. Oci sah Mirkos angespanntes Gesicht, sah den fahrigen Blick, mit dem Huschke, André und Joka die Umgebung maßen. Sie stellten ihre Körbe dicht neben ihren Füßen ab, als gelte es, den Inhalt zu verteidigen. Kabip behielt das Gewehr schußbereit an der Hüfte. Sie wußte, daß er entsichert hatte, steckte ihre Hand in die Tasche und tastete nach dem beruhigenden kühlen Metall ihrer Pistole. Ich darf nicht vergessen, mir neue Munition einzustecken, dachte sie. Kabip stellte sich neben Oci. Sie war froh über seine Nähe.
Sülz redete laut auf Mirko ein. Seine Leute schrien dazwischen. Die Stadtbewohner waren in Lumpen

gehüllt, mit zerrissenen Decken über den Schultern, andere trugen Blattranken um den Bauch gedreht. Sie hieben sich auf die Schenkel, lärmten und lachten. Mirko nahm seinen Korb und stellte ihn bei Sülz ab. Der lachte breit. André, Huschke und Joka standen reglos an eine Mauer gedrückt. Föößß packte aus, zeigte triumphierend einen Kupferreifen, hielt einen Kittel über ihren unförmigen Leib, wühlte weiter. Ihre Leute verrenkten sich die Hälse, aber keiner wagte, nach den Sachen zu fassen. Sülz reichte jedem für einen Schluck Mirkos Aluflasche, stieß einen Mann zurück, der sie ihm aus der Hand winden wollte, steckte am Ende selbst die Flasche in den Mund und leckte die letzten Tropfen aus ihrer Öffnung. Föößß verteilte Brotfladen, sie wurden ihr aus den Händen gerissen. Sie stopfte die übrigen Sachen in den größten Korb, trat mit dem Fuß hinein, stampfte nach und setzte sich obendrauf.
»Wir haben beschlossen, die Nacht über oben im Freien zu bleiben«, erklärte André. »Wir gehen hoch und teilen Wachen ein.« Sie nahmen die Rucksäcke auf, und Mirko zeigte auf den Treppenschacht. Oci folgte den Männern. Plötzlich zerrte es an ihrem Gepäck. »Kabip«, schrie sie, riß sich frei und wirbelte herum. Sülz redete auf sie ein und zeigte wieder auf ihren und Kabips Rucksack. Oci sah den Steuermann das Gewehr bereit zum Schuß in der Hand halten. Mirko sprang dazwischen und redete mit Sülz. Er drehte sich zu Kabip um und sagte: »Er möchte eure Rucksäcke.«

»Er soll nur ja die Finger von unseren Sachen lassen, sonst passiert was«, drohte der Steuermann. »Ich hätte jetzt schon die größte Lust, hier ein bißchen herumzuschießen.«

»Nein«, widersprach Mirko hastig. »Wenn Sülz was abbekommt, haben wir die ganze Bande auf dem Hals.«

»Na und?« Kabip schnaubte verächtlich.

»Das sind längst nicht alle, die du hier siehst«, warnte Mirko. »Er hat seine Leute überall in der Stadt. Wir kämen nicht lebend heraus.«

»Was schlägst du denn sonst vor?» fragte Kabip rauh.

»Gebt ihm eure Rucksäcke«, stotterte Mirko verlegen. »Dann ist Sülz zufrieden und...«

»Spar dir die Luft«, winkte Kabip ab. »Als nächstes will er unser Gewehr, und zum Schluß steckt er uns in den Topf. Nein, Mann, das schlag dir aus dem Kopf. Die Rucksäcke bekommt er nicht, das kannst du diesem Dreckskerl sagen.«

»Wir ziehen uns in den Treppenschacht zurück«, zischte Oci dem Steuermann zu. »Die ganze Bande steht schon bereit. Ich bleibe bis zuletzt und schieße eine Leuchtpatrone in den Raum. Bis sie ihre Augen wieder aufkriegen, sind wir oben.« Sie streifte den Rucksack ab, hielt ihn, als wolle sie ihn Sülz reichen, riß dann die Pistole aus der Tasche und schoß in den dunklen Raumteil. Sie bückte sich mit geschlossenen Augen nach dem Rucksack, tappte blind nach der Treppe und stolperte. Kabips Arm fing sie auf. »Gut gemacht, Mädchen«, sagte er. »Du sammelst Punkte für die Datenkarte.«

Sie vernahmen Schreckensschreie hinter sich, dann das Getrappel von nackten Füßen. Plötzlich hörten sie langgezogenes Heulen.

»Da ist einer ins Feuer getreten«, freute sich Kabip.

Sülz rief durchs Treppenhaus. Joka kniete auf dem Absatz und antwortete.

»Was sagt er?« wollte Kabip wissen.

Joka stand auf und teilte mit: »Sülz wünscht uns Gute Nacht. Er freue sich über unsere Geschenke. Morgen könnten wir in die Stadt.«

Er hüstelte.

»Dieses rußige Mädchen, das wir bei uns hätten, sei eine Hexe wie seine Föößß. Das hat er auch gesagt.«

»Ha«, machte Kabip, »und du glaubst ihm das? Mit Gute Nacht und Händchenhalten?«

»Sülz nimmt mit, was er kriegen kann«, mischte sich Mirko ein, »aber sein Wort hält er. Stanko hat ihm eine Messerspitze aus dem Knie operiert. Er weiß, was er an uns hat.«

»Egal, interessiert mich nicht«, sagte Kabip. »Mich bekommt keiner von der Knarre weg. Ich übernehme Wache. Bestimmt unter euch, wer mit aufpaßt. Du, Mädchen, legst dich schlafen.«

Oci fühlte nach ihrem Rucksack, zog Decken hervor und wickelte sich ein. Sie war schon fast eingeschlafen, als sie merkte, daß Kabip zu ihr schlich und noch eine seiner Decken über sie legte.

Am Morgen gab Sülz ihnen den Weg frei. Er hatte ein Kittelkleid aus dem Geschenkkorb übergezogen und mußte sich die Taschen mit allen möglichen Dingen vollgestopft haben. Stolz stellte er sich vor. Oci schulterte ihren Rucksack und folgte den Männern. »Sülz hat gemeint, wir finden unseren Weg allein«, erklärte Joka. »Vielleicht ist es auch besser so. Ich weiß jedenfalls noch, daß die Halle im westlichen Teil liegt.«
Im Morgenlicht sah die Stadt eher noch abstoßender aus, dachte Oci, als sie in die Nähe des alten Flußbetts kamen. Meterhoch lag zusammengespülter Schutt. Es ging über Karosseriebleche, vorbei an Glasscherben und zerfaserten Autoreifen. Dazwischen Erdspalten, in denen brackiges Wasser stand. Der Marsch wollte kein Ende nehmen. Oci schleppte sich mühsam vorwärts. Auch André ging es nicht gut. Er lief mit müden Schritten, rutschte, stolperte die Hausfassaden entlang, klammerte sich an Eisenstreben.
»André«, rief sie, »bleib bitte stehen. Warte auf mich.«
Er streckte Oci die Hand entgegen und zog sie über einen Betonsturz. Oci wischte sich mit dem Daumen Staub aus den Augen. Sie tränten. »Es ist entsetzlich schwül«, stöhnte sie. »Dabei ist die Sonne eben erst aufgegangen.«
»Fühlst du dich nicht gut?« erkundigte sich André. »Ich nehme an, es ist noch ein Stück. Huschke sagt, die Halle liegt dicht am Fluß. Wenn wir den sehen, haben wir's geschafft.«

»Mir ist so übel«, klagte Oci.
»Hast du deine Bauchwehtage?«
Oci schüttelte den Kopf. »Es ist diese miese Stadt. Das gammelige Zeug macht mich einfach fertig. Es liegt so sinnlos herum. Mir ist schon klar, warum ihr nicht aus eurem Wald heraus wollt. Du, ich wollte, wir wären bei deinem Baum, könnten zusammen sein.«
André drückte seine Backe an ihr Gesicht und fuhr mit den Fingerspitzen über ihren Nacken. »Gut, daß du das sagst. Ich fühlte dich nicht mehr in mir. Jetzt bist du wieder ein bißchen da.«
»Heute abend flechte ich dir den ganzen Kopf voll mit dünnen Zöpfchen«, neckte Oci, »und ziehe dir dabei jedes einzelne Haar lang. Paß bloß auf, du wirst schon noch merken, daß es mich gibt.«
»Stop«, rief Kabip von vorn. »Wir machen Pause. Das ist ein böser Weg. Ich möchte bloß wissen, wie ihr den Generator hier durchschaffen wollt. Viel Vergnügen, kann ich nur wünschen.«
Mirko setzte sich neben ihn. »Es kann nicht mehr weit sein. Wir sind gut dabei mit der Zeit. Wir müssen uns nicht hetzen. Und ein Schluck tut jetzt gut in der drückenden Luft.« Er zog aus einer Tasche eine flache Metallflasche. »Aus Vogelbeeren«, erklärte er, als Kabip vorsichtig kostete. »Vom letzten Herbst.«
Kabip wischte sich die Lippen und reichte Oci die Flasche. »Ich schau nicht hin«, meinte er. »Aber nur ein Schlückchen, damit du nicht schlappmachst.«
Am Vormittag erreichten sie die Halle. Es war ein

massiver Betonbau, die Untergeschosse waren verschüttet. »Über den Schuttberg erreichen wir oben die Fenster«, zeigte Mirko. »Genau da sind wir beim letzten Mal eingestiegen.«

Oci betrachtete die Halde und erklärte: »Ich bleibe unten, halte Wache. Ich habe keine Lust, da hochzuklettern.« Sie sah den Männern nach, wie sie über das Geröll ins Innere des Gebäudes einstiegen. Wir hätten den Leuten besser einen Generator aus dem Depot herbeischaffen sollen, dachte sie. Ich bekomme langsam das Gefühl, daß wir hier überhaupt nicht mehr wegkommen. Sie sah sich nach der Vulkanwolke im Süden um. Im Norden teilte sich der nahe Fluß in mehrere Arme. Über der See hing eine Wetterfront. Wie eine Riesenqualle, dachte Oci.

Sie streifte mit den Augen bis zum nächsten Hochhaus, in das sich ein anderes verkeilt hatte. Es sah aus, als warteten sie die nächste Katastrophe ab. Vögel nisteten in den aufgebrochenen Fassaden, Gräser und Sträucher wehten aus den Fensterlöchern. Ein dicker Mann, bekleidet mit Schnur und Grasquaste, trat hinter den Häusern hervor, starrte zu Oci hinüber und pinkelte. Sie sah angewidert weg. Das Wetter schien sich zusammenzuziehen, man hörte es schon rumpeln. Die Sonne stach. Am liebsten würde ich meine Sachen ausziehen und schwimmen, dachte Oci. Sie beäugte mißtrauisch den Mann, der sie beobachtete und dann näherkam. Oci zuckte die Schultern und blickte hinüber zur Halle. Sie konnte die Stimmen der Männer hören und gähnte. Als sie wieder hinter sich schaute, war der Fremde bis auf zehn Schritte herangekommen. Sie hatte ihn nicht gehört.

Ein pampiger Heferiese, ging es ihr durch den Kopf. Wie häßlich, diese weiße Haut. Oci spannte abwehrbereit den Körper. Der Mann lächelte, ging in die Hocke, grinste wieder und ließ Oci nicht aus den Augen.

Eine jähe Böe zauste ihre Haare. Ihr folgte eine Flut von Geräuschen, alles übertönt von einem unerträglichen Dröhnen. Oci sprang auf, hielt sich mühsam vornübergebeugt gegen den Wind. Sie ging in die Knie vor seiner Gewalt.

»André, Kabip, Mirko«, schrie sie, sah über der Geröllhalde einen Augenblick Kabips dunkles Gesicht im Fenster und fühlte sich mit einem Ruck von hinten gepackt, hochgehoben, davongetragen. Der Mann hatte sie unter den Arm geklemmt und trug sie weg. Oci wehrte sich, zappelte, schlug mit den Armen gegen seine Wampe, biß in seine Finger. Der Mann schien nichts zu spüren. Unbeirrt kämpfte er sich durch den Wirbelsturm weiter vorwärts. Kopfüber baumelnd sah Oci Wasser heranstürzen. Schmerz zuckte durch ihren linken Arm. Der Mann taumelte, raffte sich wieder auf, und dann waren sie im Inneren eines Gebäudes. Er nahm Oci ab und lehnte sie gegen eine Wand. Wasser rann ihm aus den Haaren ins Gesicht. Er rief etwas durch den Lärm, machte eine Geste nach oben, warf sich Oci wieder über die Schulter und rannte die Treppe hinauf. Durch die Fensteröffnungen schüttete

Wasser und schwemmte ihr Fische und Muscheln übers Gesicht. Sie klammerte sich an seinen Hals. Ein neuer Schwall Wasser flutete durch den Treppenaufgang, riß unter ihnen Stufen aus der Wand, spülte aufwärts und trug sie bis unter einen Betonträger. Oci fühlte nichts mehr. Sie nahm kaum noch wahr, wie sie auftauchten und der Mann gurgelnd an ihrem Arm zerrte, der ihm die Luft abschnürte. Sie wurden gegen eine Mauer geschleudert, der Mann gewann wieder die Treppe und kämpfte sich über die Stufen den Treppenschacht hoch.

Der Beton um sie ächzte, das Gebäude schütterte. Plötzlich ebbte der Lärm ab. Der Mann suchte im Mauerwerk. Oci sah, wie er aus einer Fuge einen kleinen Schlüssel hervorfingerte. Eine Tür, dachte sie ungläubig, er schließt eine Tür auf, trägt mich durch diese Tür. Durch ein Fensterloch sah sie die schwarze Wolke, aus der Blitze zuckten. Sie zog südwärts ins Rheintal, schleppte eine Flutwelle mit sich, schwenkte nach Westen ab und war aus ihrem Gesichtsfeld verschwunden.

Oci ließ sich von der Schulter des Mannes gleiten, lief zur Tür, wuchtete am Griff. Sie war verschlossen. Mit einem Satz sprang Oci den Mann an. »Laß mich raus«, schrie sie. »Hörst du, weg will ich. Mach die Tür auf!«

Er wehrte sie halb gebückt ab, bekam ihre Handgelenke zu fassen und schob sie mit dem Gewicht seines Körpers Schritt für Schritt in die entfernteste Ecke des Raums. Dann ließ er los, drehte sich um, schloß auf und

war verschwunden. Oci wollte ihm folgen, aber die Tür war zugesperrt.
Sie strich über die schmerzende Stelle am linken Arm und entdeckte eine weiße Muschelscherbe daumennagelgroß aus ihrer Haut ragen. Es blutete nicht. Oci kauerte sich nieder, zog erst vorsichtig, dann mit hartem Ruck an dem hellen Rand. Shit, das Ding stak fest. Oci versuchte die Muschel zu kanten, zu bewegen. Sie brach ab. Oci konnte ihre Bruchkante wie einen weißen Faden im roten Fleisch sehen. Sie hielt die Hand darüber, stand auf und ging zu dem Fensterloch, das die volle Breitseite des Raums einnahm. Die Halle, in der die Männer nach dem Generator suchten, mußte auf der anderen Hausseite liegen. Oci lehnte über die Fensterbank und schaute die Fassade nach unten. Wie viele Stockwerke mochten das sein, fragte sie sich. Acht oder neun. Sie blickte über sich, verrenkte den Hals. Drei Stockwerke nach oben. Brutvögel nisteten in der Wand.
Oci horchte hinaus. Der Wind war abgeflaut, ein hoher Regenbogen wölbte sich über dem grünen Bergland im Osten. Von den Männern war keine Spur zu sehen. Sie schrie, brüllte sich heiser, pfiff auf den Fingern. Keine Antwort kam. Oci kniff die Augen zusammen. Einige hundert Meter weiter war etwas Grellrotes zwischen den Gitterstäben eines Mastes verkeilt, der gegen dunkles Bruchsteinmauerwerk lehnte. Ihr Rucksack.
Oci raschelte durchs Gras, rupfte einen Ginsterzweig ab, zerknibbelte ihn zwischen den Fingern und besah

den Raum. Unerwartet entdeckte sie hinter Disteln und Gras einen flachen Kasten. Eine Truhe. Ihr Deckel ließ sich zurückschlagen. Oci starrte hinein, kniete sich hin und holte Stück für Stück heraus: Gabelschlüssel, ein Pedal mit Reflektoren, eine Pinzette, ein rundes winziges Spiegelchen, an einen Stiel gewinkelt. Alles pingelig gesäubert und blankgeputzt. Zähne in einer Gaumenplatte. Eine Türklinke. Zwei Brillengestelle. Eine nierenförmige Schale, Bestecke. Sie wog ein Besteckmesser in der Hand, ging an die Wand und begann das runde Ende zuzufeilen, auf und nieder im Beton. Als sie eine tiefe Rille geschabt hatte, sah sie ihr Werk zufrieden an. Es war zwar nicht wie das Schnappding, das Kabip so erfreut hatte, aber es konnte sich sehen lassen, fand sie. Jedenfalls war das Messer jetzt spitz genug. Ich muß den Griff aufrauhen, daß es nicht durch die Hand rutscht, dachte sie. In der Truhe fand sie ein stichelförmiges Instrument, setzte die Spitze auf das Heft und hämmerte mit dem schwersten Gabelschlüssel, bis sie einen rauhen Griff ins glatte Metall getrieben hatte.
Ich habe Hunger, dachte sie plötzlich. Rasend. Sie durchsuchte ihre Taschen und fand nichts. Überhaupt, da fehlte was, stellte sie fest. Ihre Pistole. Das Ding mußte ihr aus der Tasche gerutscht sein. Gerade jetzt, wo sie es brauchte. Oci stellte sich vor, sie würde aus dem Fenster lehnen, die Pistole abziehen. Kabip würde auftauchen, die Hauswand hochschreien: Junge, gleich bin ich bei dir! Nichts. Aber der Hunger ist mir

vergangen, dachte sie, rollte sich in ihre Ecke, das Messer griffbereit zur Hand, und wartete.
Als sie seine Schritte vor der Tür hörte, setzte sie sich auf. Der Schlüssel knirschte. Der Mann trat ein, zog die Tür hinter sich zu, schloß ab und hielt Oci einen dunkel gebackenen Fisch hin, verzog freundlich den Mund und machte mit dem Kinn eine einladende Bewegung. Sie roch den Schmorduft, der nagende Hunger war wieder da, jetzt unwiderstehlich. Sie nahm den Fisch und begann das Fleisch um die Gräte abzunagen. Es war nicht gar, aber fest und füllig.
Der Mann wies auf sich und sagte: »Kiki!« Er deutete auf Oci und runzelte fragend die Stirn. Oci machte ein abweisendes Gesicht. Sie warf sich in die Grasecke. Kiki kniete an seiner Schatztruhe. Er förderte Stofffetzen zutage, nahm jedes Metallstück in die Hand, putzte es hingebungsvoll, hob es ins Licht und freute sich.
Oci sah, wie sich der Himmel aufhellte. Später stand wieder die vulkanische Rauchwolke in der Ferne. Dann hörte Oci den Schuß. Sie richtete sich auf. Sehr langsam. Sie zwang sich, jede hastige Bewegung zu vermeiden. Sie hielt ihr Messer so, daß ihr Unterarm es dem Blick des Mannes verbarg, und ging hinüber zum Fenster. Noch hatte sie die Brüstung nicht erreicht, da hörte sie den zweiten Schuß. Jetzt war sie vollends sicher. Ihre Leute suchten nach ihr. Mit einem Satz war sie am Fensterloch und rief: »Kabip, Kabip, André, hier bin ich, hierher, Kabip!«

Sie blickte aus den Augenwinkeln zu Kiki. Er stand auf, kam mit ausgestreckten Händen auf sie zu. Als seine Finger nach ihr faßten, stach sie zu. Für den Bruchteil einer Sekunde nahm sie Kikis erstaunte Augen wahr. Sie waren starr auf das festsitzende Messer in seiner Hand gerichtet. Dann schwang sich Oci aufs Fenstersims, packte ein Stück Eisenarmierung, zog einen Fuß hoch und suchte seitlich nach einem Halt. Unter sich hörte sie Kikis klagende Stimme. Sie fühlte seine Hand ihre rechte Ferse umschließen und trat nach ihm. Dann zerrte sie ein Knie bis unters Kinn, bekam mit den Zehen Halt und hangelte aufwärts.

Das Ende eines Trägers kam in Greifnähe, sie schaffte einen Klimmzug und zog sich hoch. Kiki folgte, sie konnte ihn hören. Das letzte Stockwerk, sagte sie sich, dann habe ich das Dach. Jetzt war die Fassade mit breiten Rissen durchsetzt. Sie erreichte mit den Händen die Dachblende, schnellte sich ab und lag mit dem Oberkörper auf dem Flachdach. Nein, dachte sie, das geht auch nicht. Das Dach hat doch Gefälle. Es muß irgendwo ein Einstieg sein, dann bin ich Kiki los. Sie richtete sich auf, hielt sich gegen die Schräge und lief auf den obersten Stock des anderen Turmhauses zu, das gegen das Dach lehnte. Mit beiden Armen wehrte sie die wütend angreifenden Vögel ab. Als sie das Dachgeschoß des anderen Hauses erreicht hatte, hörte sie den Schuß. Kiki stand reglos an der Dachkante, ging langsam in die Knie. Seine Lippen bewegten sich, dann warf er die Arme nach hinten und fiel.

Ich kann nicht mehr, ich bin fertig, dachte Oci und knickte um. Dann war auf einmal André neben ihr. André, der sie aufrichtete, in die Arme schloß, aufnahm und trug. Sie merkte nicht, wie er sie über endlose Treppen und immer neue Stufen und Absätze ins Freie brachte. In ihrem Kopf ging es: zielen, schießen, treffen. Ihre Zähne klapperten im Schüttelfrost. Sie lag auf dem Trümmergrundstück vor dem Hochhaus. Die Sonne stach. Eine Flasche wurde gegen ihren Mund gepreßt, sie schluckte, hustete. Ein nasses Tuch wischte über ihre Augen. Wasser, viel Wasser lief ihr übers Gesicht und rann unter ihrem Kittel die Haut hinunter.

Kiki lag mit klaffender Brust, den Kopf nach hinten verdreht, auf einem Mauerrest. »Er ist tot«, murmelte André. »Dein Mann Kabip hat ihn vom Dach geschossen.«

Oci dachte an ihren Rucksack oben auf dem Mast, vom Zentrum des Wirbelsturms hochgeschleudert. »Er hat mir das Leben gerettet«, sagte sie. »Das hätte nicht passieren dürfen.«

Noch am selben Tag verließen sie die Stadt. Die Männer waren, geschützt in der Fabrikhalle, unversehrt geblieben. Sie trugen den Generator auf einem Holzgestell zwischen sich. Kabip ging mit entsichertem Gewehr voran, Oci trottete hinterdrein. Der Rückweg verlief ohne böse Überraschungen, aber er dehnte sich. Zweimal mußten sie übernachten. Wenigstens blieb es trocken. Oci sehnte sich nach Ruhe, viel Schlaf. Ihr linker Oberarm war geschwollen. Die Muschel stak noch im Fleisch. Joka hatte einen Blätterumschlag darauf gelegt und erneuerte ihn alle paar Stunden. »Stanko muß das herausschneiden«, hatte er entschieden. »Ich traue mich da nicht heran.«

Oci war erleichtert, als sie endlich die Autobahntrasse verließen und bei den Hochspannungsmasten in den Wald zurückkehrten. Gelbe Wasserlilien standen an den Bachläufen, auf den kleinen Seen ruderten Teichhühner. Ein Pferdeschädel lag am Weg, Mäuse hatten sich in ihm eingenistet. Sauerklee und Leberblümchen blühten. Köln-an-der-See lag weit zurück.

Am frühen Nachmittag erreichten sie ihr grünes Schiff. Zuerst stießen sie auf Marten, der die Waldschafe weidete. Er umarmte und drückte sie alle der Reihe nach. Kabip verzog das Gesicht. »Denkt euch«, rief Marten plötzlich und wies auf das Gestell mit dem Generator, »ich habe die Lichtmaschine am Stauwehr doch zum Laufen bekommen! Ich habe sie in alle Teile zerlegt und ein brauchbares Kugellager im Materialraum gefunden. Seither läuft die Maschine, läuft und läuft. Dein Segeltuch ist fertig, Kabip, du wirst es nicht glauben.«

»Großer Glitch«, bemerkte Kabip säuerlich, »wir hätten uns also den ganzen Marsch ersparen können. Guck dir nur mal den Jungen an«, er wies auf Oci, »wie es den zugerichtet hat! Euer Mann Stanko muß sich ihn vornehmen.«

Marten brummte mitfühlend. »Aber beeilt euch«, rief er ihnen nach, als sie mit ihrer Last weiter hangaufwärts gingen. »Sonst könnt ihr Stanko für heute abschreiben. Er ist bei Kris, sie hat ihre Wehen. Das Baby kommt, Leute.« Das brachte Bewegung in die Gruppe. Außer Atem kamen sie beim Materiallager an.

Stanko nahm sich Zeit für Ocis Arm. »Es sieht schlimmer aus, als es ist«, tröstete er sie. »Es tut sicher scheußlich weh, aber wir werden damit fertig. Das ist nur eine Frage der Zeit.«

»Wir haben aber schon jede Menge Zeit verloren«, drängte Kabip. »Ich höre, das Tuch ist fertig, wir wollen endlich los.«

»In das entzündete Fleisch schneide ich nicht«, wehrte Stanko ab. »Und heraus muß die Scherbe. Ich gebe Wundpuder auf den Arm, mache einen neuen Verband, und morgen werden wir sehen. So kommt das Mädchen auf keinen Fall fort. Die Nacht über müßt ihr ohnehin bleiben. Es sind nur noch ein paar Stunden bis Sonnenuntergang.«

Kabip zuckte die Achseln und schlenderte zum Materialraum, wo die Männer den Generator verstauten.

»Du kannst zu Kris hineinschauen«, schlug Stanko Oci vor, nachdem er ihren Arm versorgt hatte. »Sie ist im Saunaraum, da triffst du sie. Seit heute früh hat sie Wehen. Setz dich zu ihr, erzähle ihr etwas.«

»Oh, da bist du ja«, rief Kris ihr entgegen und verzog gleich darauf das Gesicht. »Es kommt immer stärker«, stöhnte sie und stieß einen scharfen Wehlaut aus.

»Schrei nur, heul so laut du kannst und willst«, sagte Jana und drückte ihre Backe an die von Kris. »Schrei nur, wir sind bei dir.«
»Es ist wieder vorbei«, lächelte Kris. Die Tränen liefen ihr übers Gesicht. »Komm hierher, Oci. Macht ein bißchen Platz.« Pat und Ev rückten zusammen. Oci setzte sich zwischen Ev und Kris.
»Was ist mit deinem Arm? Hat Stanko ihn verarztet? Was haben sie bloß mit dir gemacht? Und wie ging es mit Sülz? Ist die gemütliche dicke Frau noch bei ihm?« fragte Kris. »Du mußt mir alles erzählen.«
Sie ist wie Mjuda, dachte Oci. Vor lauter Fragen kommst du nicht zum Antworten. Sie erzählte, und Ron kam herein und fragte, dann kamen Joka und Lou. Stanko trat unter die Tür, Ditte und Paskal schmusten, und später kam Marten abgehetzt angelaufen: »Wie weit ist unser Baby?«
Kris jammerte wieder, biß sich in die Hand. Oci streichelte sie unbeholfen, die Männer und Frauen drückten sich an Kris, und Stanko fragte: »Ist es schlimm? Ich kann dir was geben, Kris. Gegen den ärgsten Schmerz.«
»Untersteh dich«, schnaubte Kris und atmete laut aus. »Schließlich will ich auch dabei sein, wenn wir unser Baby kriegen. Nicht bloß ihr.« Sie weinte wieder auf. »Wie lange dauert es noch?« keuchte sie. »Es strengt so an.«
Oci drängte durch die Gruppe. Als sie draußen vor der Tür stand, merkte sie, wie es ihr vor lauter Mitanstren-

gung in den Bauchmuskeln zog. Ich muß mal, dachte sie. Ganz dringend. Sie rannte an Kabip vorbei. Er saß vor der Pumpstation, putzte sein Gewehr und bemerkte sie erst beim Zurückkommen. Kris war auch hier zu hören. Kabip spuckte aus. »Wer soll das denn aushalten? Ich suche mir einen anderen Platz. Sowas von primitiv! Kein Krankenhaus, kein Arzt. Hast du mal reingeguckt, Junge? Ich glaube, die Frau kriegt doch tatsächlich in aller Öffentlichkeit ihr Kind. Großer Glitch, es wird Zeit, daß wir hier wegkommen.«
»Mister Kabip«, zischte Oci. »Sie sind ein Ekel.« Sie drehte sich brüsk um und lief zum Saunaraum. Drinnen erkannte sie jetzt auch André. Er schaute gebannt auf Kris. Die Geburt war im Gang. Jana griff dem Kleinen unter die Arme, stützte das Köpfchen. Kris stöhnte, drückte das Kinn auf die Brust, stieß laut die Luft aus.
»Da ist es«, sagte Jana leise und legte das Kind zwischen Kris' Brüste auf ihren nackten Bauch. Kris weinte und lachte. »Da bist du ja, unser Kleines. Oh, bist du süß.« Sie streichelte es sanft.
Ron platzte laut heraus: »Es ist ein Brüderchen!«
»Psst«, machte Stanko. »Ron, der Kleine muß sich erst an deine Stimme gewöhnen. Bis jetzt hat er uns nur durch den Bauch von Kris gehört.«
Kris massierte leicht und rhythmisch das Baby, und es gab kleine Laute von sich. »Wenn du willst, können wir es jetzt von seinem Nabel losmachen«, meinte Lou.
»Nein«, bat Kris, »laßt es noch auf meinem Bauch. Es ist so schön warm. Schaut euch den Schopf von dem

Kerlchen an. Ich weiß nicht, an wen mich diese Haare erinnern!«
Alle drängten um Kris, lächelten, murmelten Koseworte.
»Ist in der Schnur noch Leben?« wollte Kris wissen. »Pulsiert sie? Nein? Dann macht das Kleine jetzt los.«
Oci schluchzte auf und weinte los. Pat legte die Arme um sie. »Ich muß auch immer heulen«, sagte sie, und schon liefen ihr die Tränen übers Gesicht.
»Also, Leute«, erklärte Jana, »ich brauche jetzt Platz. Die Aluwanne muß her, das Kleine wird gebadet.«
»Nur einen Augenblick noch«, verlangte Kris. »Ich muß unserem Kind noch etwas sagen. Alle sollen dabei sein.« Sie drückte ihren Kopf an das Kleine, rieb es zärtlich und flüsterte: »Ihr Bäume ringsum, neues Leben vertraue ich euch an, gebt ihm Raum. Ihr Lebewesen alle, duldet es.«
»Es zieht so ein witziges Gesicht«, meinte Lou. »Ich glaube, unser Baby hat zum ersten Mal gelacht.«
Sie setzten sich vor die Tür. Oci hatte die Schuhe ausgezogen und massierte sich die Zehen. »Guck mal, was ich kann«, rief Pat und kickte die Weidensandalen fort. »Ich kann mit jeder Zehe einzeln wackeln. Am linken Fuß. Rechts geht's nicht so gut. Und du?«
Oci bemühte sich. »Nein«, sagte sie schließlich, »bei mir klappt das nicht. Ich habe gar kein Gefühl darin. Ich kann bloß den großen Zeh hin und her bewegen. Ich wußte gar nicht, daß das geht, was du mit deinen Zehen machst.«

»Ha«, rief Pat, »André kann es auch. Hat er's dir noch nicht gezeigt?« Sie lief radschlagend davon. »Ich habe Hunger«, schrie sie zurück. »Wem soll ich was mitbringen?«

»Mir«, rief Marten. »Mir«, riefen alle. »Mir aber eine Extraportion«, verlangte Huschke. »Ach was, ich geh selbst und bringe uns eine Flasche Hagebuttenwein.«

Es wurde sehr lustig. Jemand hatte eine Rassel geholt. Ev setzte sich mit der Flöte dazu, und Ron trommelte auf einem halben Kürbis, den sie in einen Kupferkessel voll Wasser gesteckt hatte.

Stanko kam aus dem Saunaraum. »Auf, wir setzen uns hoch. Kris und unser Brüderchen brauchen jetzt Schlaf.«

Oci nahm Andrés Hand. »Denk daran, du mußt mir noch den ganzen Kopf voll Zöpfe flechten«, erinnerte er. »Du hattest es versprochen. Komm, wir gehen zu mir und kuscheln.«

Oci wachte von Kabips Stimme auf. Er rief nach ihr. Es war noch nicht dunkel, aber auf dem Schwingbrett vor der Wohnwabe hatte Kolja seinen Schnabel schon in die Flügel gesteckt. André streckte sich mit geschlossenen Augen. »Warum kommt er nicht, wenn er was will?« fragte er.

»Der geht doch nicht auf die Bäume«, sagte Oci. »Das weißt du doch.« Sie hörte Kabip von neuem rufen. »Ich muß zu ihm«, flüsterte sie.

»Ich komme mit«, erklärte André. »Kolja, bitte wach auf, los, hau ab von dem Brett.«
»Na endlich«, meinte der Steuermann, als sie beide vor ihm standen. »Wo warst du nur die ganze Zeit, Junge? Wir haben eine Menge zu besprechen, bevor es losgeht.« Er klopfte an seine Overalltasche. »Du weißt ja: Die Arbeit von heute mit den Problemen von morgen verbinden!«
Oci schaute weg. Sie konnte diese Graubuch-Sprüche nicht mehr hören. Kabip fand jeden Tag mindestens einmal Zeit, sein Graubuch zu studieren. Ihrs lag seit Tagen irgendwo im Materialraum herum. Und morgen muß ich in den PTA-Overall steigen, dachte sie erbittert. Sie faßte verstohlen nach Andrés Hand und drückte sie.
Kabip räusperte sich umständlich, musterte André und erklärte: »Unser Problem morgen ist der Transport. Das Tuch, die Brote. Das schaffen wir nicht allein. Wir finden auch den Weg nicht ohne Hilfe, ganz bestimmt nicht im Regenwald von der Ruhr, oder wie der Bach heißt.«
Oci verstand die unausgesprochene Frage und wartete, ob André darauf ansprechen würde. Der aber zupfte an den Zöpfchen, die ihm um den ganzen Kopf standen, und blieb stumm.
Kabip steckte die Daumen in seine Overalltaschen, warf Oci einen vertraulichen Blick zu, faßte André beim Taschenkittel und sagte: »Mirko hat mal gemeint, er würde jeden Weg für einen Kanister Schmieröl

marschieren. Wir wären unter Umständen in der Lage, euch damit auszuhelfen. Es dürften auch zwei oder drei Kanister werden. Soviel ihr abschleppen könnt. Ist das ein Angebot?«

»Darüber mußt du mit Mirko sprechen.« André zuckte die Achseln. »Ich komme ohnehin mit. Ich weiß nicht, ob Oci mit ihrem Arm so weit ist, daß sie vollgepackt den Talweg schafft.«

»Oh, André«, sagte Oci. Kabip setzte ein zufriedenes Gesicht auf. Er nickte André zu. »Ich werde mir Mirko vornehmen.«

Beim ersten vollen Tageslicht nahm Stanko den Verband ab. Er schnalzte zufrieden. »So«, kündigte er dann an, »jetzt tut es weh.« Er wählte ein dünnes Messerchen unter seinen Instrumenten und schnitt zu. Oci biß auf die Unterlippe. »Da ist es«, sagte Stanko und hielt in der Pinzette das Muschelstück. »Du hast gesundes Blut, Oci. Die Scherbe ist schon keine Kleinigkeit mehr. Mich wundert, daß sich das Gewebe nicht noch mehr entzündet hat.« Er musterte den Schnitt. »Nein, nähen muß ich das nicht.« Er versorgte die Wunde, drückte Oci Puder und Verbandbinden in die Hand und sagte: »Ich habe mit André gesprochen. Er wird die Wunde weiter versorgen. Eine Narbe behältst du als Erinnerung.«

Außer André hatten sich auch Marten und Mirko bereit erklärt, sie zu begleiten. Kabip hatte vage Andeutungen über das Haard-Depot gemacht, und Mirko hatte große Augen bekommen. Er brannte

darauf, mitzugehen. Lou, Huschke, die beiden Mädchen Pat und Ron, Joka, Ditte und Paskal, alle waren da, sie noch ein Stück zu begleiten.
»Aber ich habe ja Kris vergessen«, rief Oci entsetzt. »Stanko wollte ich auch noch sehen. Ist er bei Kris?«
»Das glaube ich nicht«, meinte Lou. »Soviel ich weiß, ist Stanko schon zur Insel gegangen, um Kai abzulösen.«
»Aber zu Kris muß ich«, beharrte Oci.
»Dann lauf doch«, knurrte Kabip.
Oci rannte. »Halt«, rief Lou ihr nach, »oben bei der Wasserleitungsplattform!« Sie wies in das grüne Schiff. »Kris wird mit dem Kleinen noch schlafen.«
Oci starrte sie an. »Kris ist oben? In den Bäumen?« fragte sie verblüfft. Sie sah zu André. Er setzte ihr Gepäck ab und nickte ihr zu. Oci lief, sprang in ein Seil, zog sich hoch. Der Arm tat doch noch gemein weh. Und Kris mit ihrem Baby hier oben, in den Ästen? Die Leute mußten verrückt sein.
Kris lachte, als Oci sie mit ihren Fragen bestürmte. »Dummes«, meinte sie. »Wo soll er denn sonst leben? Du hast zu wenig Vertrauen, auch wenn du auf eurem Schiff in den Segeln herumturnst. Die Bäume sind unsere Freunde. Es ist gut, wenn unser Baby das von Anfang an weiß.« Kris küßte Oci zweimal, dreimal auf den Mund und sah sie wehmütig an. »Weißt du«, sagte sie, »wir beide hätten Freundinnen werden können.«
Oci nickte stumm, strich dem Baby vorsichtig übers Haar und beeilte sich, das grüne Schiff zu verlassen. Ich

gehe von Bord, sagte sie sich. Aber wenn ich den Wind fühle, werde ich an dich denken, schönes grünes Schiff.

Sie folgte Andrés Leuten, die sich mit Kabip bereits in Bewegung gesetzt hatten. Jo, der Hund, lief kläffend mit. Oci versuchte nachzurechnen. Wie viele Tage waren sie auf der Haard-Insel gewesen? Dann der Weg durchs Volmetal. Vier oder fünf Tage bei den Bäumen überm See. Der Weg nach Köln. Zurück. Sie kam auf etwas über zwei Wochen, seit sie die *Nhlakanifo* verloren hatten, dabei schien es ihr, als seien Jahre vergangen.

Der Abschied von den Leuten des grünen Schiffs, den Mädchen, Frauen, Männern, mit Umarmung, Schnupperküssen, Streicheln, Drücken, Murmeln hatte etwas Unwirkliches. Als sie sich ein letztes Mal umdrehte und winkte, fiel ihr ein, daß sie ihr Graubuch vergessen hatte. Sie schnitt eine Grimasse. Okay, jetzt hatten Kabips Buschis ihre Chance!

Sie lief zu André. »Du«, sagte sie, »was ist mit Kolja?«

»Ich habe ihn im Materialraum eingesperrt«, erklärte er. »Ron wird ihn später herauslassen. Hoffentlich stellt er inzwischen nichts Dummes an. Ich möchte aber nicht, daß Kolja mit übers Wasser fliegt. Ich mag selbst nicht daran denken, wie mir in dem Boot zumute sein wird.«

Nach den warmen Frühlingstagen war der Wald voll Grün, Blüten, Blumen. Sie kamen an der Klamm vorbei, auf deren Grund Kabips Gewehr im Gestrüpp

lag. Der Steuermann schaute bemüht in eine andere Richtung.
Sie nächtigten wieder auf dem Brückenjoch unter den Blättern der Bergulme. Oci lag neben André. Wenn sie ihm tagsüber folgte, ihre Füße seinen Schritten nachsetzte, den Stein, das Kabel berührte, an dem er eben Halt gesucht hatte, empfand sie den nahen Abschied als körperlichen Schmerz. Sie dachte an die Vertrautheit, die sie während dieser Wochen miteinander geteilt hatten. Dennoch, so wußte sie, blieb die Fremdheit zwischen ihnen unüberbrückt. Du siehst mich, dachte Oci bekümmert, du spürst mich, André. Aber du kannst mich nicht verstehen, so wie ich dich nicht verstehe. Sie lauschte seinen Atemzügen, horchte auf die Geräusche der Nacht. André, fragte sie sich, wie stelle ich es an, daß ich dich vergessen kann? Morgen noch ein Tag, dann ein letzter vor dem Abschied. Jeder wird die Erinnerung noch schwerer machen.

Sie fanden das Boot unbeschädigt an der gleichen Stelle, wo sie es vor vierzehn Tagen vertäut hatten. Kabip atmete hörbar auf. »Junge«, sagte er zu Oci, »wenn du wüßtest, was ich mir alles vorgestellt hatte! Ein Vieh hätte den Strick durchgebissen. Der Tornado hätte es zerstört. Es wäre von den Eingeborenen geklaut worden. Wir hätten uns mit dem Werkzeug drüben im Gemäuer ein neues Boot bauen müssen. Lieber nicht. Also, dann wollen wir mal.« Kabip winkte den Männern, und sie schafften den Motor, die Geräte

und Treibstoffkanister aus dem Versteck ins Boot. Kabip war gerade dabei, die Klemmschrauben festzuziehen, als Andrés Rabe angeflogen kam. »Kolja, du Rabenvieh«, sagte André zärtlich. Der Rabe drückte seinen Schnabel in Andrés Haar und plusterte sich gewaltig auf. »Wie hast du nur hierhergefunden, du Kerl? Jedenfalls mußt du jetzt sehen, wie du übers Wasser kommst.«
Der Außenbordmotor sprang beim zweiten Zug mit dem Anlasserseil an. Kabip lachte selbstzufrieden. »Das ist Technik, ihr Leute«, erklärte er. »Technik nicht aus Müll, sondern auf dem Boden von Wissenschaft.« Er schlug gegen seine Brusttasche. »Ich zitiere: ›Die Fähigkeit der Wissenschaft, die Produktivität der Erde zu steigern, ist unbegrenzt!‹ Ein wahres Wort. Wartet, bis wir im Depot sind.«
Mirko sah den Steuermann beeindruckt an. Oci hatte die verrückte Vorstellung, gleich werde er Kabip die Schuhe abküssen. Vielleicht sollte Mirko an meiner Stelle auf der *Nhlakanifo* anmustern und mit ihr ins Gelobte Land abrauschen, dachte sie.
Die Flut stand gut, und der Himmel war klar, als sie über das Ruhrwattenmeer zur Depotinsel tuckerten. Kolja flog über ihnen, und André ließ den Vogel nicht aus den Augen. Kabip umfuhr die Insel und hielt auf das Ufer unterhalb der Schneise zu, die von See aus deutlich auszumachen war. Sie brachten das Boot an den Strand und zogen, bis es auf dem Trockenen lag. »Puh«, sagte Kabip und wischte sich die Stirn, »das war

hart.« Er fuhr über die Außenhautplanken, prüfte einen Klinknagel und meinte wohlgemut: »Das ist ein guter Kahn. Der bringt uns beide anstandslos bis in den Werkshafen. Wir werden ihn in den nächsten Tagen seetüchtig machen.«
Sie nahmen ihr Gepäck, und Kabip ging ihnen voran durch die Schneise. »Ich werde hier Ordnung schaffen, mit der Motorsäge. Gleich als erstes«, kündigte er an, während sie sich durch die Sträucher schlugen. Dann standen sie vor der klaffenden Stahltür. »Da wären wir also«, stellte Kabip mit Genugtuung fest. »Wir machen gleich Ortsbesichtigung. Dazu brauchen wir Licht.« Er verschwand durch die Tür, sie legten Kiepen und Rucksäcke ab, und dann erschien Kabip mit einer brennenden Starklichtlampe. Er schleppte sie treppab, treppauf, riß Türen auf, redete und triumphierte. Mirko war ganz dabei, staunte noch die Dübel in der Wand an und rief ein übers andere Mal: »Nun sieh dir das an! Gibt's das auch? Das ist stark.«
Kabip forderte die Männer großzügig auf: »Leute, da sind Schmiermittel, kanisterweise, plastikversiegelt. Greift euch, soviel ihr tragen könnt.«
Mirko grapschte, lud die Arme voll, verlor einen Kanister und stellte schnaufend wieder ab. »Wir holen uns die Kiepen und laden uns auf, bis wir krumm gehen, was, Marten?«
Es war Marten und André anzusehen, daß Mirkos Verhalten sie verlegen machte. Marten war schweigsam. Er stellte vereinzelt Fragen, schaute bedachtsam

um sich. André gähnte. Er deutete auf seine Füße und raunte Oci zu: »Gleich brechen sie ab. Auf diesem gräßlichen Betonboden gehst du dich müde.«
Nur einmal zeigte er Interesse. Als Kabip auf verpackte Glühbirnen wies und zu Oci meinte: »Die haben bestimmt eine andere Lebensdauer als die Funzeldinger, die man bei uns im Werk fabriziert«, hob André den Kopf.
»Glühbirnen«, schrie er. »Kann ich mir eine mitnehmen?«
»Eine?« lachte Kabip. »Da stapeln sie kartonweise. Du kannst einen ganzen Kasten mitgehen lassen, mein Junge.«
Als sie zu Kisten mit Motorsägen kamen, hielt Kabip an. »Stop«, verlangte er, »das ist genau das, was wir suchen. Eine Zweimann-Motorsäge. Halt mal die Lampe, Oci, leuchte hierher. Daneben sind Einmann-Motorsägen. Ihr beide«, er zeigte auf Marten und Mirko, »nehmt die lange Kiste, und du, Junge«, befahl er André, «klemmst dir eine von diesen Dingern unter den Arm.«
Sie waren auf einer der mittleren Depotebenen, als Oci die Starklichtlampe ausging. »Großer Glitch«, schnauzte der Steuermann. »Kannst du nicht aufpassen? Jetzt stehen wir im Dunkeln. Wo sind die Streichhölzer?« Es klapperte, dünnes Licht flackerte auf. »Zeig her«, verlangte Kabip. Oci hielt die Lampe hoch, und Kabip verbrannte sich die Finger, als er die Druckpumpe berührte. Das Streichholz erlosch. »Du

hast die Lampe schräg gehalten«, beschwerte er sich. »Das habe ich nicht«, widersprach Oci. »Das Petroleum ist zu Ende. Oder der Druck stimmt nicht.«
»Was verstehst du schon davon?« sagte er verächtlich. »Aber da hilft nun nichts. Die Lampe ist heiß. Ich verbrenne mir kein zweites Mal die Finger daran.«
Im Dunkeln stießen die Männer mit der Transportkiste an Ecken, Pfeiler, Treppenstufen, und Kabip nörgelte. »Paßt besser auf«, mahnte er.
Endlich sahen sie Tageslicht. Oci stellte die Lampe ab, die Männer schafften die Motorsägen ins Freie. Mirko wirkte eingeschüchtert. André und Marten sahen sich stumm an. Kabip prüfte den Himmel. »Wir haben noch ein paar Stunden Tageslicht«, verkündete er. »Da bringen wir noch einiges hinter uns. Bei der nächsten Flut ist es dunkel. Am besten tuckere ich euch mit der nächsten Nachmittagsflut wieder ans Festland, okay? Morgen früh holen wir eure Kanister. Jetzt könnt ihr euch noch nützlich machen. Ich werde mir die Motorsägen vornehmen. Ihr sucht in der Nähe brauchbares Zimmerholz. Holz für Mast und Segelbaum, vernünftiges Brettholz. Paßt auf, daß ihr einen Stamm auftreibt, der nicht zieht. Teilt euch ein, wie ihr gehen wollt. Halt, noch eins. Wir sind allein auf der Insel. Es kann passieren, daß einer Hilfe braucht.« Er wandte sich an Oci. »Du weißt, wo im Büro die Schlüssel zu A 17 liegen. Doch, ich habe sie zurück auf den Schreibtisch gelegt. Nimm Streichhölzer, geh in die Sprengkammer und hol zwei Signalpistolen mit Munition.«

»Was, mit Streichhölzern?« fragte Oci. »Das mache ich nicht. Wir könnten alle in die Luft gehen.«
»Dann bring die Lampe«, forderte Kabip unwillig. »Mal sehen, vielleicht macht sie's wieder.«
Ja, dies war Kabips großer Tag. Den Wald hatte er mit zusammengebissenen Zähnen ertragen. Aber hier war er in seinem Element, organisierte, befahl, konnte sich freien Lauf lassen. Er ölte die Pistolen, zeigte den Männern die Munition, erklärte den Auslösemechanismus und drückte Oci und Mirko eine in die Hand. »Sie ist geladen«, sagte er zu Mirko. »Halt sie schräg hoch, zieh ab.«
Die Kugel beschrieb einen hohen Lichtbogen und zerplatzte hell. Mirko freute sich. »Nochmal«, befahl Kabip, »daß wir Übung bekommen.«
Sie hatten sich geteilt. Oci ging mit André. Sie fanden einen starken Trockenbaum über einer rund ausgewaschenen Sandsteinbank. André untersuchte den Stamm. »Es ist Ahorn«, sagte er. »Von unten her wahrscheinlich angefault, aber er hat gute gerade Mantelrisse und wird oben im Holz fest. Daraus kann dein Mann Kabip Schnittholz holen, Herz- und Seitenbretter, wie er sie braucht.« Er nahm Oci in die Arme. »Mußt du dich wirklich mit ihm ins Boot setzen? Er ist unausstehlich. Bleib hier, komm mit uns zurück an den See, zu unseren Bäumen.«
Oci zog den Kopf zwischen die Schultern. »Ich kann Kabip nicht allein lassen«, erklärte sie. »Ein Mann im Boot hat keine Chance. Und auf der *Nhlakanifo* wartet

Mjuda, meine Freundin. Und du weißt, ich gehöre nicht in eure Welt. Ich kann nicht so sein wie ihr, nicht wie du.«

Er schaute sie niedergeschlagen an. »Ich fühle dich so in mir. Ich kann nicht glauben, daß du weggehst. Bleib bei uns«, bat er noch einmal. Oci küßte ihn mit geschlossenen Lippen und schüttelte den Kopf.

Vor dem Depot trafen sie wieder zusammen. Marten und Mirko hatten eine Esche gefunden, die den Mastbaum abgeben konnte. Kabip wies auf die Motorsägen. »Sie ziehen, ich habe es nicht anders erwartet. Die kleine stottert ein wenig, aber sie schafft doch ganz schön was weg.« Er zeigte in die Schneise. Durch die Büsche war mehrere Meter weit ein Weg freigelegt. »Schluß für heute. Wir machen uns ein vernünftiges Feuer. Ich hole Abendessen«, sagte er zu Oci und klopfte auf sein Gewehr.

Er kam mit der Dunkelheit zurück. Drei abgebalgte Kaninchen baumelten von seiner Hand. »Das Messer, das ich auf der Trasse gefunden habe, ist wirklich große Klasse«, sagte er und faßte in seine Overalltasche. »Ich hatte den Viechern im Handumdrehen das Fell über die Ohren gezogen.«

André, Mirko und Marten sahen weg, als der Steuermann die Tiere über dem Holzkohlenfeuer briet. Mirko stand auf und sagte: »Ich schlafe unten im Strandwald.«

»Ich komme mit«, schloß sich Marten an.

Kabip wies auf den Rucksack. »Holt euch Decken,

Männer. Im Depot sind noch mehr. Mit dem ersten Licht gehen wir morgen ins Holz. Solange ihr noch da seid, brauchen wir beide, ich und der Junge, uns nicht allein zu quälen.«

Das Fleisch duftete. Oci griff hungrig danach, als ihr Kabip eine gebratene Keule reichte. Sie mochte nicht zu André schauen, der ein Stück entfernt sein Brot aß.

Der Ahornstamm erwies sich in seinen zwei obersten Dritteln als gesund, wie André gesagt hatte. Sie fällten ihn mit der Zweimann-Motorsäge. Zuvor mußten Andrés Leute Kabip davon abhalten, zwei Birken, die in Fallrichtung standen, einfach umzulegen. »Das ist nicht nötig«, widersprachen sie. »Du verstehst nichts davon. Schlimm genug, daß wir die Esche fällen mußten, einen lebenden Baum. Geh aus dem Weg. Wir legen den Trockenbaum so um, daß er die Birken nicht verletzt.«

Kabip blies die Backen auf, sagte aber nichts mehr. Die Männer besprachen die beste Fallrichtung, Oci mußte ein Zugseil aus dem Depot holen, und als der Baum knisternd seinen Sturz angekündigt hatte, fiel er wirklich zwischen den Birken über die Sandsteinklippe. Sie zimmerten an Ort und Stelle Sägeböcke und schnitten den Stamm in rohe Bretter, die sie zum Bootsplatz trugen, wo bereits der abgeastete Eschenstamm lag.

In der frühen Nachmittagszeit brachten sie das Boot zu Wasser. Sie luden Kanister und einen Karton Glühbir-

nen ein. Es war mehr, als sie zu dritt tragen konnten, aber Kabip meinte: »Was ihr nicht auf den Rücken bekommt, versteckt ihr eben im Gemäuer, wo wir unsere Sachen hatten. Ihr könnt es bei Gelegenheit holen.«
Er fragte Oci, ob sie mitfahren wolle, aber sie wehrte ab: »Nein, ich habe keine Lust, jetzt nicht. Ich fange schon mal mit dem Segelnähen an.«
»Ich würde auch bleiben. Bis ihr das Boot fertig habt«, sagte André und rieb die Hände an den Seiten. »Wenn ihr mich braucht, meine ich. Ich könnte Kabip helfen.«
Der Steuermann strahlte.
»Warum nicht, Junge«, rief er. »Uns wäre das eine Hilfe.«
Marten und Mirko sprachen mit André in ihrer Summsprache, die Oci noch immer nicht verstand. Die beiden Männer blickten auf Oci und lächelten ihr zu. Sie umarmten André und kamen dann zu ihr. Marten drückte sie heftig an sich, strubbelte ihr liebevoll durchs Haar und küßte sie auf die Augen. »Ah«, sagte er leise, »Oci, du solltest bei uns bleiben.« Mirko legte ihr den Arm um, rieb seinen Kopf in ihrer Halsbeuge. »Nachts habe ich einmal von dir geträumt«, sagte er und schaute sie an. »Wir alle mochten dich sehr. Das weißt du.«
Beide stiegen mit Kabip ins schaukelnde Boot, André und Oci stießen es frei, der Motor brummte, das Boot gewann Fahrt, und sie winkten hinterher. »Bevor die Flut abläuft, bin ich zurück«, schrie Kabip.

»Beim Großen Glitch, der Junge hat Hände, die gehen mit dem Holz«, staunte der Steuermann, wenn er mit André am Boot arbeitete. Sie fertigten zwei Seitenschwerter an, um dem kiellosen Boot unter Segel Manövrierfähigkeit und Stetigkeit am Wind zu schaffen. Aus der Esche zogen sie einen geraden zähen Mastbaum, verstärkten die Spanten, über denen der Mastschuh stehen sollte. Kabip pfiff, war guter Dinge. Oci saß an den Segeln. Sie hatte mit dem Wachs des verlassenen Bienenstocks die Fäden wasserfest gemacht und vernähte die einzelnen Tuchstücke mit Bootmannsnähten, wie sie es gelernt hatte. Kabip rieb sich die Hände. »Morgen, Kinder, werden wir einen Probelauf machen. Wir gehen mit Gepäck, Treibstoff, Wasser, dem vollen Ballast unter Segel, nehmen den Hilfsmotor dazu und checken, ob unsere Trimmlage stimmt. Später fahre ich den Jungen ans Festland, und wir beide gehen auf Kurs.« Er nickte Oci zu. »Ab in den Werkshafen!«

André und Oci sprachen in diesen Tagen nur das Notwendigste miteinander. Sie schwiegen auch, wenn sie allein waren. Sie wußten, daß jedes Wort Trennung, jede Berührung Abschied in sich trug. Andrés Augen lagen tief. Abends saß er mit Kolja neben Oci und streichelte den Schnabel seines Kolkraben. Oci fühlte sich elend und zog sich ganz zurück.

Der Probetag für das Boot war gekommen. Es war zu einem winzigen, seetüchtigen Schiff geworden. Kabip hatte mit den beiden alles, was sie aus dem Depot

benötigten, an den Saum des Strandwalds getragen. Der Steuermann hatte mehrere Stunden in A 17, dem Sprengraum, verbracht, Zündungen überprüft, Zündschnüre ausgemessen, einen Sprengplan entworfen. Am Morgen des vorgesehenen Probelaufs gruben sie über der Stahltür tiefe Sprenglöcher in den Hügel, und Kabip brachte die Sprengsätze an. »Schade, echt schade«, meinte er traurig, »aber es läßt sich nicht umgehen. Wir können unsere Schatzkammer nicht offen stehen lassen. Die Druckwelle wird einiges zusammenblasen, aber der Schaden wird sich wohl in Grenzen halten. Nun lauft, geht die Schneise hinunter, ich lege die Zündung und komme nach.«
André rief nach Kolja, der auf einem Baum über der Türöffnung saß. Der Rabe flog ihn zweimal an, krächzte und ließ sich nicht greifen. »Er muß bei mir sein! Daß ihm nichts geschieht«, rief André verstört. »Hilf mir, Oci, versuch du es.«
Es war das erste Mal, daß Kolja ihrem Ruf folgte. Er setzte sich auf ihre Schulter und pickte an ihrem Ohr. Eine halbe Stunde später erschien Kabip, zählte halblaut und verkündete: »Jetzt muß es soweit sein.« Wenige Augenblicke später gingen die Sprengsätze in die Luft. Ein schwarzer Rauchpilz fegte hoch, Blätter, Steine, Erdreich flogen. Dann noch eine verspätete Zündung, die letzte Explosion. »Das war's«, Kabip atmete auf. Sie gingen zu dritt die Schneise hinauf. André atmete laut, als er zerrissene Äste, abgedrehte Bäume, zerfetztes Laubwerk zwischen den abge-

sprengten Erdmassen sah. Der Hügel war über die Stahltür gerutscht, der Eingang verschwunden. »Genau wie es sein sollte«, stellte Kabip hochzufrieden fest. »Dann also ab ins Boot.«

Sie liefen gegen die anstehende Gezeitenflut, gewannen das offene Küstenmeer. »Da ist Kolja«, sagte André tonlos und zeigte auf einen schwarzen Punkt, der auf sie zuhielt. »Ich habe ihm gesagt, er soll auf uns warten. Die Insel ist nicht mehr zu sehen. Er wird die Orientierung verlieren.«

»Er hält sich an uns, er sieht das Boot«, beruhigte Oci.

Kabip steuerte das Boot stärker in den Wind. »Merkst du«, schrie er von der Ruderbank, »wir müssen mehr Kopflast geben. Der Bug greift nicht recht ins Wasser. Wenn die See höher läuft, folgt das Heck nicht genug! Na, macht nichts. Ein paar Kanister Treibstoff nach vorn, und alles ist okay. Ah, das tut gut, wieder Wasser unter sich zu haben.«

Kolja hatte das Boot erreicht und strich um die Segel.

»Komm zu mir«, rief André. »Bleib hier.«

»Nein«, schrie Oci. »Kolja, weg von der Segelkante! Untersteh dich und fetze mir die Nähte auf. Meine Finger sind noch ganz kaputt von der Nadel.«

»Steuerbord voraus«, meldete sich plötzlich der Steuermann, »was ist das?«

Oci kniff die Augen zusammen. Großer Glitch, es waren Mastspitzen, drei. »Eine Bark«, schrie sie zurück. »Ich kann im Mastholz die Windrotoren sehen!«

»Ich erkenne sie auch«, sagte Kabip sehr ruhig. Dann brüllte er: »Kinder, wir haben sie! Die *Nhlakanifo*! He, sie wird uns nicht sehen auf die Distanz, ich drehe den Motor auf.«
»Die Leuchtpistolen«, sagte Oci aufgeregt. Sie lud durch, entsicherte, hielt den Lauf fast senkrecht in die Luft und schoß. »Nochmal und nochmal«, schrie sie, während das Signal hochfauchte, »ein ganzes Feuerwerk für die gute alte *Nhlakanifo*. Sie nimmt Kurs auf uns, Steuermann. Die *Nhlakanifo* hat uns gesichtet.« Sie feuerte ein weiteres Signal in die Höhe. »Mjuda«, jubelte sie, »Mjuda, wir kommen.«
»Sie nimmt Tuch weg«, frohlockte der Steuermann. »Kile Moge, unser Kapitän, läßt sie über die Elektromotoren laufen. Was für ein Schiff! Sieh dir nur an, wie sie im Wasser liegt.« Er wischte sich über die Augen. »Verfluchter Wind«, murmelte er und fuhr dann laut fort: »He, Mädchen, ich habe die ganze Zeit nichts dazu gesagt. Aber an Bord bin ich für dich wieder Mister Kabip, verstanden!«
»Ja, Mister Kabip«, sang Oci. Was würde sie Mjuda nicht alles zu erzählen haben! Gleich, jetzt, bald, heute nacht in der Koje: Kabip, der *Leuko*. Nein, entschied sie. Der Mann hat sich prima gehalten. Wir waren ein Team, absolut. Einer hat dem anderen den Rücken freigehalten. Großer Glitch, heilige Datenbank, sonst wären wir jetzt nicht hier!
Sie konnten bereits die Mannschaft an der Reling ausmachen. Oci renkte sich die Augen aus. »Kabip,

Mister Kabip«, schrie sie, »alle winken uns. André, kannst du sehen? Ganz vorn in der Linie der Kapitän, Kile Moge, daneben Sefo, unser Vermessungsprofessor, alle sind da. Kista, er winkt, er hat uns erkannt, Silusu, der Segelmacher, dieser Hund, Gatscha, Nqutu, Mandlenkose, Shaka.« Dann fiel es ihr auf. Da war keine Mjuda. Sie warf einen Blick auf die Reling. Ja, das war es, irgend etwas war nicht richtig. Mjuda fehlte. Das Boot war in Rufweite gekommen. Die Mannschaft winkte und schrie. Kabip bellte: »Segel bei, Junge, was träumst du? Wir gehen auf Motorfahrt.« Oci führte automatisch den Befehl aus, merkte nicht, was ihre Hände taten.
»Wir nehmen euch vorerst an die Leine, ins Schlepp«, rief Dlosi, erster Steuermann der *Nhlakanifo*, Kabip zu. »Dann setzen wir ein Boot aus und holen euch auf.«
»Geht okay für uns«, meldete Kabip zurück. »Bring das Seil.«
Dann standen sie an Deck. Ocis erster Eindruck: Ich bin wieder da, alles PTA. Grau in grau, selbst das Händeschütteln, Schulterklopfen. Sie dachte an Kris, an Marten. Ja, selbst Mirko hatte sie umarmt, gestreichelt, liebevolle Worte gemurmelt. Oci wünschte plötzlich, sie wäre, wo ihr Graubuch lag.
Kabip meldete sich und Oci zurück an Bord. »Wer ist denn der Junge?« verlangte Kile Moge Auskunft. »Ein Eingeborener? Wie kommt er zu euch ins Boot?« Der Kapitän musterte André, der sich linkisch am Bramsegelschot hielt.

»Der Junge geht in Ordnung, Kapitän«, antwortete der zweite Steuermann. »Wir waren eigentlich auf Probelauf und wollten ihn später am Festland absetzen. Seine Leute wohnen im Süden, in den Bergen. Der Junge war uns eine Hilfe, Kapitän. Ohne ihn hätte ich unser Boot nicht klarbekommen. Aber natürlich, jetzt ist er ein Problem.«

»Du, Junge«, sprach Kile Moge André an. »Du verstehst, was ich sage?« André bejahte. »Wenn du willst, übernehmen wir dich«, bot der Kapitän an. »Endgültig entscheidet darüber allerdings die Werksleitung. Was meinen Sie, Kabip?«

»Doch, der Junge ist gut«, bestätigte Kabip. »André, du kannst auf dem Schiff bleiben, wenn du willst.«

Der Junge antwortete nicht. Er ließ seine Hand nicht vom Schot, schaute besorgt über die Reling. »Begeistert scheint er nicht zu sein«, warf Dlosi, der erste Steuermann, ein. »Er macht ein Gesicht, als wolle er gleich in die Hose machen. Oder hat er keine? Ich sehe nämlich nichts davon.« Die Männer wieherten.

»Verdammt, er sucht nach seinem Raben«, schrie Oci. »Er hat einen Vogel, den Kolkraben Kolja. Der ist mitgeflogen, und André sieht ihn nicht!«

»Auf dem Schiff will ich nicht bleiben«, sagte André sehr entschieden und laut. »Ich will zurück.«

Der Kapitän und Kabip schauten sich an. Kile Moge zuckte die Achseln. »Wir wollen ohnehin bald Trinkwasser an Bord nehmen. Euren kleinen Wilden können wir bei der Gelegenheit absetzen.«

»Zu Befehl, wird gemacht«, sagte Kabip.
»Steuermann, sorgen Sie dafür, daß der Junge Proviant mitbekommt«, ordnete der Kapitän an. »Einen Overall hätten wir auch noch übrig. Dieser Sackkittel ist doch sehr merkwürdig für einen Jungen. Und dann noch die Zöpfchen im Haar. Ich hatte ihn zuerst für ein Mädchen gehalten.«
Oci hatte unterdessen neben Kabip gestanden und das Deck, die Rahen mit ihren Augen abgesucht. Sie wurde immer unruhiger. »Kapitän«, fragte sie schließlich, »wo ist denn Mjuda, das andere Schiffsmädchen?« Oci fühlte ihr Herz hart schlagen.
»Das Schiffsmädchen hat den Sturz nicht überstanden«, erklärte Kile Moge. »Wir haben für sie getan, was wir konnten. Sie hat auch nach dir gefragt, aber du warst ja verschollen. Ja, und vor vier Tagen ist sie gestorben. Wir haben das sehr bedauert. Die PTA hat einen tüchtigen jungen Werksangehörigen verloren. Es tut mir auch leid für dich.«
Ich habe es vorher gewußt, sagte sich Oci und konnte sich nicht rühren. Und ich habe gewußt, daß ich nicht weinen kann, wenn sie es mir sagen. Ich habe es gewußt, aber ich verstehe es nicht. Was will ich hier, auf diesem Schiff?
André war neben sie getreten, legte seine Backe gegen ihre. »André«, weinte sie. »Mjuda ist tot. Sie ist nicht mehr da.«
»Deine Freundin«, sagte André traurig und streichelte ihren Nacken.

»Zweiter Steuermann«, befahl Kile Moge, »kümmern Sie sich um die beiden. Später kommen Sie ins Kartenhaus und erstatten Bericht. Sagen Sie dem Zimmermann, er soll das Boot abmasten, dann heißen wir es an Bord.«

Kabip nahm Haltung an. »Verstanden«, antwortete er und drehte sich nach André und Oci um. »So, und ihr beiden, steht jetzt nicht so herum. Das Schiffsmädchen kann schon mal die Koje richten, und dir, André, zeige ich das Schiff.«

»Nein«, antwortete der Junge, »ich möchte nicht. Fährt es immer so schnell?«

Kabip platzte fast vor Lachen. »Schnell nennst du das? Bei diesem mageren Wind? Sie setzen doch schon volles Tuch, um auch den kleinsten Hauch aufzufangen. Du solltest die *Nhlakanifo* sehen, wenn sie mit Windstärke acht oder neun geht. Da bringt sie was.«

»Steuermann«, meldete sich Oci, »ich möchte nicht zu meiner Koje. Jetzt noch nicht. Mjuda hat da gelegen. Ich kann nicht.«

»Dann bleib bei dem Jungen«, sagte Kabip. »Diesmal ist es ein Befehl. Paß auf, daß er nicht vom Schiff fällt. Aber, Mädchen«, raunte er ihr zu, »Händchenhalten müßt ihr nicht in aller Öffentlichkeit. Du verstehst!« Damit war er gegangen.

»Kolja habe ich nicht mehr gesehen«, sagte André besorgt. »Wenn er nur zurückfindet zu unseren Bäumen.« Er schluckte.

»Du, André«, wisperte Oci gepreßt. »Ich bleibe nicht

auf dem Schiff. Wenn sie dich absetzen, komme ich mit. Es darf nur keiner merken, auf Werksflucht steht Strafe. Ich muß zusehen, wie ich heimlich wegkomme.«
André sah Oci von der Seite an. »Wie willst du das machen?« fragte er.
Die *Nhlakanifo* hatte Kreuzkurs auf Südwest genommen. Kabip stand neben dem Kapitän beim Kartenraum und wies in die Richtung, aus der sie gekommen waren. Bestimmt hat er die Position schon dick auf der Karte markiert, dachte sie. Es wird kein Jahr vergehen, und die Werksleitung schickt Frachter, läßt das Depot ausräumen. Der Steuermann bekommt seinen IQ-Scheck erhöht, und das ist das Ende der Geschichte. Aber nicht für mich, dachte sie entschlossen.
André stieß sie an. »Schau, sie ziehen euer Boot an den Flaschenzügen hoch.«
»Quatsch, das sind keine Flaschenzüge. Das sind Taljen, und die Boote hängen in Davits«, krittelte sie. »Man zieht sie auch nicht hoch, sondern heißt sie an Bord.« Oci zog die Luft ein. »Entschuldige«, sagte sie. »An Bord sprechen die Leute anders. Tut mir leid, André. Sieh dir das an, was sie mit unserem Boot gemacht haben!«
Auch Kabip war gekommen und maß, wie es Oci schien, mit wehmütigen Blicken das Boot, das vor wenigen Stunden als winziges, aber tüchtiges Schiff Kurs genommen hatte, um die halbe Welt zu umsegeln. Der Mastbaum war weg, der Mastschuh stand leer zwischen den Spanten, und die beiden Seitenschwerter

mochten irgendwo hinter ihnen zwischen den Wellen schaukeln. »Paßt auf den Motor auf«, brüllte der zweite Steuermann. »Ich montiere ihn nachher selbst vom Heck. Mann, schmeiß die Sachen nicht so. In meinem Rucksack stecken Andenken.« Er bemerkte Oci und André und nickte ihnen zu. »Schade um die Arbeit, die wir in das Ding gesteckt haben. Aber, was soll's. Mich reut keine Stunde. Es hat Spaß gemacht. Da fällt mir ein, wir sollen dem Jungen ja ein paar Sachen mit auf den Weg geben. Da, nimm so einen roten Rucksack, und wir packen, was du brauchst, okay?«

»Ich brauche nichts«, versicherte André. »Ich komme zurecht.«

Kabip sah aus, als traue er seinen Ohren nicht. »Habt ihr das mitbekommen, Männer?« rief er den Matrosen zu. »Der Junge hat einen lausigen Weg vor sich, mitten durch den Urwald. Aber nein, er braucht nichts! Diese Eingeborenen leben von der Hand in den Mund. Es bleibt ihnen ja auch nichts anderes übrig. Immerhin, es schadet nichts, darüber mal nachzudenken, wenn ihr in eurer schönen Werkswohnung sitzt. Mit wie wenig man auskommen kann, wenn's hart auf hart geht.«

»Also, wie willst du's machen?« raunte André, als sie wieder nebeneinander an die Reling lehnten. »Hast du einen Plan?«

»Nein, eher ein Gefühl in den Fingerspitzen«, antwortete Oci.

Noch vor Dämmerungsanbruch ankerte die *Nhlakanifo* vor der flachen Küste und brachte Positionslichter aus. Kabip wandte sich an André. »Jetzt ist es soweit. Ich bringe dich an Land. Drüben mündet ein Fluß, da schaue ich mir gleich die Fahrrinne an, wie weit wir morgen mit dem Schiff stromauf zum Wassertanken kommen.«
»Steuermann«, bat Oci, »ich möchte André noch begleiten. Wir waren ein Team.«
»Geht in Ordnung, Junge«, sagte Kabip großmütig. »Der Kapitän hat dich bis morgen vom Schiffsdienst freigestellt. Dann wollen wir mal. Wie in guten alten Zeiten, was? Okay, nichts wie los. Nein, stop, Kommando zurück, beinahe hätte ich mein Baby vergessen.« Er lief in seine Kajüte. Oci und André sahen sich an, als Kabip mit seinem Sturmgewehr erschien. »Man kann nie wissen«, sagte er. »Also ab ins Boot.«
Das Boot setzte leicht auf, kam gut ab. Das Ufer rückte näher, die Flußmündung zeichnete sich klar ab. Der Wald vor ihnen war rankendurchwirkt und dicht, es roch moderig und faul.
»Mann«, meinte Kabip und betrachtete voll Abscheu den Uferwald. »Guck dir dieses Grün an. Speiübelgrün. Ich würd's mir noch mal überlegen.«
Die Positionslichter der *Nhlakanifo* rückten weg, der Uferwald kam näher. Aus dem struppigen Astwerk flogen plötzlich Steine. Kabip faßte an seinen Kopf. Als er die Hand wegzog, sah Oci, daß er an der linken Schläfe blutete. Noch mehr Steine prasselten, hart,

scharf, genau. »Verdammte Pest«, knurrte Kabip und suchte Deckung. Das Gewehr rechts in der Hüfte zog er durch, führte linkshändig die Pinne und drehte auf. Wieder ratterte das Gewehr, Schreie ertönten. Über der Bordwand tauchten Hände auf, Kinderhände. Ein langgezogener Heulton kam vom Heck. Der Motor setzte mit einem Ruck aus.

»Da hat's einen in der Schraube erwischt«, schrie Kabip. »Ihr beiden, ins Wasser mit euch, taucht weg. Ich halte euch den Rücken frei.« Er trat mit dem Absatz gegen die Hände an der Bordwand, nahm das Gewehr in beide Hände und stellte auf Dauerfeuer durch. Er riß ein neues Magazin heraus, feuerte ins Wasser und schrie: »Nun springt!«

»Kabip«, weinte Oci.

»Verdammt nochmal, raus mit euch!«

Sie sprangen gleichzeitig, suchten vom Boot wegzukommen, stießen gegen zappelnde Glieder, traten unter sich, befreiten sich von Armen, von Leibern. Oci holte Luft, tauchte so tief sie konnte, und da war freies Wasser. André, dachte sie, wie schafft er es?

Nach einer Weile tauchte sie auf. Von Kabip war nichts zu sehen. Über die Bordwand blickten kleine Köpfe, dazwischen sah sie Gesichter von Erwachsenen. Kabip, Steuermann, dachte Oci. Er ist weg. Mjuda. Und wo ist André? Sie tauchte zurück in Bootsnähe, bekam einen treibenden Körper zu fassen, erkannte das Kitteltaschenkleid und schleppte André unter Wasser ab. Als sie zwischendurch nach Luft schnappte, sah sie, daß sein Gesicht tiefe Kratzspuren trug und bleich und leblos aussah. Sie schwamm wassertretend bis ans Ufer und wunderte sich, daß niemand da war, daß kein Schlag auf den Kopf sie empfing und keine Steine flogen. Sie zog den Körper Andrés an Land und begann ihn zu beatmen. Allmählich kehrte Leben in ihn zurück. Er schüttelte sich, hustete und erbrach sich endlos.

Oci spähte um sich und entdeckte zwischen Faulholz, Schlinggewächsen und Bäumen flackernden Feuerschein. Sie faßte André unter die Arme, zerrte ihn durchs Gebüsch, trampelte über Dornen und Ranken und bückte sich unter Geäst, bis sie die Lichtung erreicht hatte. Niemand beachtete sie. Frauen, Männer, Kinder lagen, standen, bewegten sich, stopften Nahrung in den Mund, lärmten oder schliefen. Ein Mann wälzte sich, offenbar von den Schüssen Kabips verletzt. Keiner kümmerte sich um ihn. André war wieder ohnmächtig geworden. Oci taumelte. Sein Körper erschien ihr wahnsinnig schwer. In der Nähe des riesigen Glutfeuers legte sie ihre Last ab, rieb Andrés Glieder und legte sich zu ihm, um ihn zu wärmen. Sein zerkratztes Gesicht war mit Blut beschmiert. Sie legte ihren Arm und ein Bein über ihn und schloß die Augen. Es roch nach nasser Asche, Fischfäule und menschlichen Ausscheidungen. Ich kann nicht mehr, dachte Oci. Was jetzt kommt, passiert eben.

Sie erwachte unter sternhellem Himmel. Hitze schlug

sengend aus dem mannshoch gehäuften Feuer. André regte sich nicht. »André«, keuchte sie ihm ins Ohr, »komm, wir müssen hier weg!« Seine Lider zuckten, aber sonst zeigte er kein Lebenszeichen. Sie griff unter ihn, hob ihn auf und schleppte ihn aus der Nähe des Feuers. Angstvoll ließ sie ihn aus ihren Armen gleiten, setzte ab, untersuchte seinen Körper, bog Arme und Beine, tastete nach Knochenbrüchen. Sie konnte nichts entdecken. Wenigstens bis zum Rand der Lichtung müssen wir's schaffen, sagte sie sich verbissen und wollte André aufheben. Da stellten sich Kinder in den Weg, starrten sie feindselig an. »Haut ab, ihr«, fauchte Oci. Ein Junge duckte sich und sprang sie an. Oci fing ihn mit dem Fuß ab und schleuderte ihn unter die anderen. Der Junge blieb liegen. Als hätten sie plötzlich vergessen, was sie wollten, zerstreuten sich die Kinder. Der Junge stand von der Erde auf, warf einen gleichgültigen Blick auf Oci und trödelte davon. Ich darf nicht wieder einschlafen, sagte sich Oci. Ein Mann lag in ihrer Nähe. Er schlug mit dem Kopf gegen einen Wurzelstock, ächzte und wand sich vor Schmerzen. Oci sah, daß Kabips Schüsse ihm die Finger der rechten Hand abgerissen hatten. Ihr Entsetzen wuchs. »André, komm zu dir«, versuchte sie es erneut, aber er sank unter ihren Händen zusammen.

Die Flußleute hatten keine Hütten, erst recht keine Nester in den Bäumen, stellte Oci fest. Sie legten sich hin, wo sie gerade standen, mitten im Abfall und Dreck, lagen verstreut über die ganze Lichtung verteilt, die Köpfe unter sich vergraben, schmierige Fetzen und Rindenmatten über sich gezogen. Doch Kinder und Halbwüchsige schlenderten weiter umher, knufften sich, teilten Fußtritte aus, hüpften auf einem Kadaver, aßen lärmend. Wann schlafen sie überhaupt? fragte sich Oci. Sie war nur mal in den Büschen gewesen, weil sie mußte, als die Kinder sie abermals lauernd umstellten und erst von ihr abließen, als sie wieder bei André war.

Doch, ich muß jetzt schlafen, entschloß sie sich, zog die Knie hoch und legte den Kopf auf die Arme. Als sie wach wurde, taten ihr sämtliche Glieder weh. André aber saß neben ihr, vor ihm dampfte es aus einem Erdloch. »André«, rief sie leise, »wie geht es? Bist du verletzt?«

»Was ist passiert? Wo sind wir hier?« fragte er zurück.

»Ich habe dich am Kittel bekommen, als du unterwegs zur *Nhlakanifo* warst, unter Wasser«, versuchte sie zu scherzen. Dann schüttelte sie sich. »Ich habe nicht geglaubt, daß wir diese Nacht überleben würden.«

»Ja«, sagte André. »Hast du bemerkt, daß die Leute nicht miteinander reden? Keiner spricht mit keinem.«

Oci nickte. »Und die Kinder spielen nicht. Sie kneifen, spucken, werfen mit Stöcken auf alles, was sich bewegt, schreien sich an. Wir müssen weg. Sie bringen uns sonst noch um.«

»Haben sie uns gefangen und hierher geschleppt?«

»Nein«, erklärte sie, »aber wir sitzen fest. Du wirst es merken, wenn du versuchst, aufzustehen und zum

Wald zu gehen. Es sind diese Kinder, sie lassen dich nicht aus den Augen.«

André zeigte auf die dampfend grünen Blätter neben sich. »Sie haben mich gerade bis an den Rand der Lichtung gelassen, bis ans Wasser. Ich habe Wurzeln gegraben, nach Pflanzensprossen gesucht. Unser Essen ist gar. Wir sollten essen.«

Schweigend kauten sie. Oci achtete nicht darauf, was sie aß, aber es tat gut, etwas Warmes im Bauch zu haben.

»Hast du herausfinden können, ob sie sich absprechen?« erkundigte sich André nach einer Weile. »Oder gibt es Leute, die eine besondere Stellung haben? Anführer vielleicht?«

Oci verneinte. »Jeder tut einfach das, was er gerade macht. Das ist alles.«

André schüttelte zweifelnd den Kopf. Es begann fein zu regnen. Sie rückten näher ans Feuer. Keiner scherte sich um sie. Ein paar Frauen schlugen mit den Händen nach dem Regen, schimpften in den Wind und bespuckten das Wetter. Kinder kamen vom Fluß gerannt. Sie hatten Molche, Kaulquappen und kleine Fische in den Händen, aßen und leckten sich die Münder. Auf der anderen Seite des Feuers kauerte eine Frau. Sie hielt achtlos ihr Baby an die Brust und pickte weiße Maden aus Faulholz. »Doch«, beharrte André, »es muß irgendwelche Absprachen zwischen ihnen geben. Wer sucht die Lichtung aus? Die Leute haben ja bestimmt mal woanders gelebt, mit weniger Strahlen-

belastung, sonst hätten sie nicht so viele Kinder. Wer sagt, wann sie weitergehen, weg von hier? Jemand muß dafür sorgen, daß das Feuer brennt. Wer befiehlt, die Leichen wegzuräumen? Du und ich, Oci, wir sehen das nur nicht, wir verstehen ihr Verhalten nicht.«
»Ich will sie auch nicht verstehen«, sagte Oci. »Das ist Müll, das sind keine Menschen. Oder willst du mir sagen, warum der Kerl da drüben das mit dem Vogel macht?« Sie zeigte auf einen Mann, der zwischen seinen Schenkeln einen Waldvogel festhielt, ihm Federn aus dem Schwanz riß und dem Tier in die Nasenlöcher stieß. André krümmte sich. »Siehst du«, erklärte Oci böse. »Das meine ich. Die Leute sind ohne jedes Gefühl. Ohne Empfindung. Das einzige, was ihnen Spaß macht, ist quälen, grausam sein. Da leben sie auf. Da kommt Bewegung in sie. Ich habe so einen Macker beobachtet, der einem Kind übers Feuer was anbot. Als der Junge danach faßte, hat ihn der Mensch durch die Glut gezogen. Nur so, zum Spott, oder was weiß ich. Wir sind am Rand der Welt angekommen, André. Wir müssen was unternehmen, und zwar schnell. Von der *Nhlakanifo* haben wir nichts mehr zu erwarten.«
Aber André unternahm nichts. Weder an diesem, noch am nächsten und nicht am darauffolgenden Tag. Er grub Wurzeln, garte sie im Erdofen und trug eine nachlässige Gleichgültigkeit zur Schau, die Oci aufbrachte. Zwischendurch sah sie ihn bei einem verdreckten Greis sitzen, offenbar bemüht, eine Art von

Beziehung zu dem Alten herzustellen. André schienen die Kinder mehr Bewegungsfreiheit einzuräumen als ihr. Er kam zweimal aus dem Wald und brachte eine Blättertüte mit fast reifen, winzigen Kirschen. Verdammt, dachte Oci, gemeinsam schaffen wir es vielleicht, wegzukommen. Aber daß ich uns allein hier wegbringe, das läuft nicht. Ein schönes Team sind wir.

»André«, stellte sie ihn endlich erbittert zur Rede, »warum unternimmst du nichts? Kabip hatte recht, Schlaffis seid ihr, Schlappschwänze. Du fühlst dich, wie's scheint, auch noch wohl hier in der Jauche.« Sie hoffte, daß André sich in Wut reden ließ, ihr ins Gesicht langte, jedenfalls irgend etwas tat. Aber er nahm ihren Ausbruch stumm hin, als hätte sie nichts gesagt. Sie trommelte mit den Fäusten auf den Boden.

»Du bist selbst schon so wie diese Leute hier. Die denken auch nicht weiter als von der Nase bis zum Mund, planen keinen nächsten Tag. Liegen in der Gegend herum, warten, daß Leben in sie kommt oder irgendwas passiert. Meinst du, ihr in euren Bäumen wärt anders? Okay, ihr stochert noch ein bißchen im Schrott, und darüber sind die hier längst hinaus. Das ist aber auch der ganze Unterschied. Wenn ich denke, oh Mann, wenn ich mir vorstelle, das sind Nachkommen von Menschen, die ins All Botschaften schickten! Da ist Licht- und Lichtjahre entfernt ein Satellit unterwegs von der Erde, vollgestopft mit Meßgeräten, Daten, Fotos von Menschen im Weltraum, wissenschaftlichem

Formelkram und was weiß ich. Und ihr? Hockt inzwischen wieder wie die Affen auf den Bäumen und vertut eure Zeit. André, komm zu dir. Die Jahrtausende, die unsere Art hochgebracht haben, die ganze Geschichte, die Entwicklung, wollt ihr das verschenken? Unternehmungsgeist, Neugier, Betätigungsdrang, habt ihr das alles denn nicht?«

André preßte die Lippen aufeinander. »Ich sehe das anders«, sagte er schließlich. »Wir machen eher eine Denkpause. Wir müssen uns klarwerden, wie es weitergehen soll. Ich weiß nicht, was du willst, Oci. Ich begreife dich nicht. Was hast du nur mit den Leuten von damals? Die machten Fortschritt, sagst du. Und was haben sie hinterlassen? Ein Ziel, das sich lohnt? Eine Idee? Nein, aber Müll und Schrott, gift- und strahlenverseuchte Landschaft. Mensch, Oci...«

»Den Quatsch kannst du dir sparen«, unterbrach ihn Oci wütend. »Aber in einem hast du recht, Baumläufer, du verstehst mich nicht. Okay, du kannst mich betatschen, aber begreifen tust du mich nicht. Ich fühle mich total unsichtbar für dich, daß du's nur weißt. Aber ich bin da, verdammt nochmal.«

Oci stürzte sich auf André, weinte, tobte, fuhr ihm ins Gesicht. Sie wälzten sich auf dem Boden. Oci trat ihm mit dem Knie zwischen die Beine. Plötzlich sah sie auf und blickte in die angespannten, lüsternen Gesichter der Flußleute, ihrer Kinder. Ein Mann machte eine aufreizende, gemeine Bewegung: »Gib's ihm.«

Oci schluchzte auf. »Da habt ihr uns genau da

hingebracht, wo ihr seid.« Sie ließ André los und rannte zum Feuerplatz. Als sie später André auftauchen und unschlüssig stehen sah, fauchte sie: »Hau bloß ab!« André setzte sich wieder zu dem Alten und sprach ihn an. Und, o Wunder, der Mann bewegte seinen Mund, stieß Laute hervor, und André hörte zu, antwortete gestenreich. Verdammter Schlaffi, grollte Oci und fühlte sich für André unsichtbarer denn je.

Gegen Abend tauchte einer der blicklosen Windgänger am Rand der Lichtung auf. Oci war es, als gingen die Flußleute plötzlich auf Zehenspitzen. Die Kinder, die den Erwachsenen sonst auswichen, liefen auf den Mann zu. Er ging zu dem Feuerplatz über die Lichtung und kauerte sich nieder. Jemand kam und brachte ihm ein Stück gebratenen Fisch. Der Mann nahm und aß. Oci beobachtete ihn. Er fuhr einem Mädchen durchs Haar. Sie selbst war dabei von einem Kind in die Hand gebissen worden. Oci schaute sich nach André um. Er kniete an der Flußuferseite und rieb Feuer mit einem Holz. Der Windgänger hatte ein Bein unter sich gezogen und streckte das andere von sich. Er saß sehr aufrecht, hielt den Kopf schräg, als nähme er seine Umgebung mühelos, doch mit gespannter Aufmerksamkeit wahr.

In diesem Augenblick entschloß sie sich.

Als der Windgänger Stunden später aufstand, faßte Oci an seinen Kittel und folgte ihm. Der Mann sprach auf ihre Berührung nicht an. Er ging ungehindert auf den Waldsaum zu. Oci wagte nicht, nach links oder rechts zu schauen oder sich umzudrehen. Auch nicht nach André. Sie ging hinter dem Mann, der Wald nahm sie beide auf, und niemand folgte ihr.

Irgendwann, irgendwo in der Nacht verlor Oci ihren Begleiter. Sie hatte sich hinhocken müssen, und als sie ihm nachwollte, war er nicht wieder aufzufinden. Sie mühte sich, seinen Schritt zu hören, ein Rascheln zwischen Laub und Zweigen, doch sie wußte, daß er geräuschlos ging. Oci versuchte zu rufen, laut zu schreien, aber keine Antwort kam, und ihre eigene Stimme klang ihr fremd und unheimlich in der Dunkelheit.
Auf die Richtung hatte sie nicht geachtet, als sie mit dem Windgänger gegangen war. Irgendwie südlich, dachte sie, oder? Aber es war ja auch gleich, wohin sie ging, sie hatte kein Ziel. Mjuda gab es nicht mehr, ihr Schiff hatte sie abgeschrieben, das Werksgelände war unwirklich fern. Kris, dachte sie plötzlich, o Kris! »Wir wären Freundinnen geworden«, hatte sie beim Abschied gesagt. Und André? André, versuchte sie ihn in Gedanken zu erreichen, ich brauche jemand, der mich braucht, weil ich ihn brauche. Aber wer bin ich für dich? Brauchst du mich überhaupt?
Sie spürte, wie der Boden unter ihren Füßen leicht anstieg. Im Süden war der rauchende Berg. Wenn sie geradeaus weiterging, würde sie auf ihn treffen. Waren das bereits die Ausläufer des vulkanischen Bergstocks? Ich muß mich östlich halten, sagte sie sich. Ich habe

schließlich Vermessungstechnik gelernt, da werde ich doch die Richtung nicht verlieren.
Oci war erleichtert, als das erste spärliche Tageslicht durch das schwarze Laub sickerte. Der Kampf mit dem Unterholz, mit Wurzeln und Ranken hatte sie erschöpft. Als die Sonne aufging, stieß sie auf einen Hang oberhalb der Flußlandschaft. Ja, es muß das Wasser sein, an dem die Flußleute sind, dachte sie. Wie komme ich hinüber? Sie blickte über die zahllosen Wasserläufe und Rinnsale, in die sich der Fluß zerteilte, die Auwälder und moorigen Gründe zwischen den Armen, und fühlte sich zu entkräftet, all diese Hindernisse zu überwinden.
Ich muß zurück. Oder weiter nach Süden, bis ich irgendwo durchschwimmen kann, sagte sich Oci. Sie entschloß sich, es flußabwärts zu versuchen. Wildpferde brachen vor ihr durchs Holz, über den sumpfigen Auwald zogen Schwärme von großen Vögeln. Das Holz lichtete sich zu einer breiten Schneise. Eine alte Autobahn? Ja, die Trasse führte in nordöstlicher Richtung. Eigentlich müßte ich sie im Dunkeln schon gekreuzt haben, überlegte Oci, aber ich erinnere mich nicht.
Die Trasse war gut begehbar. Menschliche Spuren konnte sie keine entdecken. Ein Stück weiter bemerkte sie, daß die alte Trasse durch die Flußniederung führte, und hielt vor Freude die Luft an. Die Konstruktion hatte Erdstößen und Überschwemmungen so weit widerstanden, daß es Oci möglich war, über aufgebro-

chene Betonplatten und zusammengetragenen Schotter einen gangbaren Weg zu finden.
Nur an zwei Stellen hatte der Fluß die Bahn fortgerissen. Sie erreichte die andere Seite schwimmend, hielt ihren Overall über sich. Das Wasser tat gut nach dem Schmutz, der Fäulnis auf der Lichtung. Hainbuchen, Winterlinden und Eichen begleiteten die Trasse. Sie lief weiter nach Nordosten. Oci versuchte, die Karte aus dem Depotbüro vor sich zu sehen. Jedenfalls befand sie sich westlich von Köln-an-der-See, das war klar. Führte diese Trasse etwa zur Stadt von Sülz und setzte sich in den Weg fort, der zum grünen Schiff in die Berge führte?
Ich kann nicht mehr so lange, dachte Oci besorgt. Es geht mir schlecht. Ich habe auch Hunger. Ich gehe, wo ich Kräfte sparen kann. Ich bleibe auf der Trasse. Sie ging, bis es Mittag wurde. Dann wurde ihr klar, daß sie immer stärker nördlich abgekommen war. Ich mache alles verkehrt, dachte sie entmutigt. Ich muß zurück. Der Rückweg zog sich endlos. Endlich traf sie wieder auf die Stelle, wo die Trasse die Flußniederung durchquert hatte. In der Nähe stieß sie auf die verworfene Gleisstrecke einer Eisenbahn. Sie folgte dem Bahndamm und ging später mit einer Straßentrasse, die genau östlich führte. Nach Osten, zu Kris, zum grünen Schiff.
Ihren Hunger merkte sie längst nicht mehr. Ihr Kopf war benommen. Sie schlug lang hin und blieb liegen, bis sie wieder genug Kraft fühlte, um aufzustehen. Das

Gesichtsfeld vor ihren Augen verschwamm. Sie war jetzt an ein mooriges Seegelände gekommen. Merkwürdige Riesenköpfe tauchten aus dem Schilf. Wie Saurier aus dem Werkslebenskundebuch kamen sie ihr vor. Einen dieser Riesenköpfe hatte sie genau vor sich. In doppelter Baumhöhe, etwa zweihundert Schritt entfernt. Sie blieb stehen, ihr Herz klopfte hart. Neben ihr wucherte Rankenknöterich, kletterte über braunen Stahl. Sie schaute über sich. So etwas wie eine mehrgeschossige Stahlkonstruktion, fand sie heraus. Buschwerk, Gras und Krummholz wuchsen auf den Ansätzen, Waldreben rankten zwischen den Verstrebungen und Bauelementen. Das ist mein grünes Schiff, dachte sie. Ich gehe an Bord. Sie kletterte, verirrte sich in dem Stahlgehäuse, stöberte einen Waschbären auf, kroch zum Schluß auf allen vieren über einen langgestreckten, schier endlosen Gitterstahlausleger bis zu dem ungeheuren Riesenradkopf. Sie stieg in eins der erdgefüllten Schaufelblätter, sah unter sich verschwommen das Kronendach des Waldes und rollte sich in weiches Gras.

Es waren Glühwürmchen, die um sie flimmerten. Es war André, es waren Träume, durch die sie ging. Ich weiß, daß es so ist, sagte sie sich. Ich bin ganz klar. Sie spürte Wasser im Mund, schluckte Essen, das warm und flüssig in ihren Magen rann. Ich träume, wiederholte sie. Ich suche einen Riß in diesem Traum, einen Ausgang. Ich will da heraus, draußen geht Wind. Ich spüre ihn. Wie gut, sagte sie sich. Ich fliege, bin frei. Ich

lasse mich los, endlich. Ich brauche mich an nichts mehr zu halten. Es ist ganz einfach. Sie schlug die Augen auf. »André«, sagte sie laut. »Du siehst so merkwürdig aus. Was ist mit deinem Mund, hast du da was drin?«
André schluckte zweimal und meinte: »Du bist schon komisch, Oci. Du siehst mich, und als erstes fragst du: André, was hast du im Mund?«
»Aber du solltest dich sehen«, lachte Oci.
»Es war Essen für dich«, erklärte André. »Jetzt ist es in meinem Bauch, statt in deinem.«
Oci zog die Nase kraus. »Essen? Aus deinem Mund?«
»Ja doch«, André zwinkerte ihr zu. »Und Wasser. Zwei Tage lang habe ich dich gefüttert. Guck, schau mal, wer da oben sitzt!«
»Kolja, Kolja«, schrie Oci auf, warf sich ins Gras und heulte.
André streichelte sie. »Du, das ist der letzte Platz, wo ich dich gesucht hätte. Nicht unter den Bäumen, nicht zwischen den Ästen, nein. Oben, fast in den Wolken, da steckst du.«
»Aber du hast mich gesucht. Du hast mich gefunden«, antwortete sie, das Gesicht in den Armen.
»Ja«, sagte André und kuschelte sich an ihren Rücken, »so unsichtbar warst du auch wieder nicht.«
Sie warf sich herum, ihm in die Arme, und küßte ihn. »Da sitze ich in dieser Wildnis, weiß nicht, woher ich komme, weiß nicht, wohin es geht. Ausgerechnet da habe ich zum ersten Mal im Leben das Gefühl, *da* zu sein. Hier, bei dir, wo ich jetzt bin.«

»Ich fühle es«, antwortete André und strich mit den Lippen über ihren Mund. »Schlaf weiter, ich bleibe bei dir.«
Als sie zum zweiten Mal aufwachte, stützte sich Oci mit wackeligen Armen auf und sah sich entgeistert um: »Großer Glitch, André, wo sind wir denn?«
»Wo du die ganze Zeit warst«, lächelte er ihr zu. »Du mußt auf dieses Riesending geklettert sein. Weißt du's nicht mehr?«
»Über diesen Gitterzug?« schrie sie entsetzt. »Wie komme ich hier bloß wieder nach unten? Und was ist das eigentlich für ein Monstrum?«
»Eine Maschine aus den kurzen Tagen, nehme ich an«, antwortete André. »Drüben im Sumpf stecken noch mehr.«
»Kabip«, rief Oci, »das müßte er sehen. Das würde ihm den Schlaf rauben. Dieses ganze Ding ist eine einzige Maschine?«
»Kabip ist tot, Oci«, sagte André langsam. »Du mußt dich erinnern. Als er mich an Land setzen wollte. Das Boot, die Steine.«
Sie schwiegen beide. Oci drückte sich an den Jungen. »Die Zeit am Fluß, du, es ist alles wie weg. Ich habe nur noch dieses ganz miese Gefühl, wenn ich daran denke. Der Dreck, die Gleichgültigkeit, oh André, und die Kinder.«
André nickte, und Oci strich ihm über die Hand.
Später lagen sie und schauten in die Sterne. »Ich muß daran denken«, meinte Oci, »wie lange ihr Licht

braucht, bis wir es sehen können. Du kannst nicht sicher sein, ob es sie noch gibt. Ich wollte, ich säße in einem Raumschiff und könnte nachsehen.«
»Du mit deinem tollen IQ«, frotzelte André. »Vor dir ist aber auch gar nichts sicher. Jetzt sind wir erst mal hier.«
»Und morgen?« fragte Oci.
»Dann marschieren wir. Falls du schon kannst.«
»Ich bin schon wieder gut dabei«, erklärte Oci. »Wenn ich erst mal über den Gitterträger bin, geht es mir okay, du wirst schon sehen.«
Sie gingen am nächsten Tag. Kolja war abermals verschwunden. »Ich gebe es auf«, stöhnte André. »Ich bin sicher, er ist bereits über alle Berge und treibt mit Ron seine Faxen.«
»Wie lange brauchen wir bis zu deinen Leuten?« erkundigte sich Oci. »So bärenstark bin ich nämlich noch nicht, weißt du.«
»Fünf Tage, oder eine Woche«, schätzte der Junge. »Und erst kommt der Rhein, da müssen wir hinüber. Dazu mußt du wieder richtig beieinander sein, sonst schaffen wir's nicht.«
Sie erreichten den inselreichen, vielarmigen Fluß unterhalb von Köln. »Flußpferde«, jubelte Oci. »Wie bei uns im Werkspark. Ob es auch Krokodile gibt? Dann kann es böse werden, bis wir auf der anderen Seite sind.«
»Von Krokodilen hier habe ich noch nie etwas gehört«, meinte André. »Flußpferde, ja. Vor den langen Tagen

hielt man sie in den Städten gefangen. Zur Besichtigung. Als es dann passierte, kamen sie los. Hör mal, was die für einen Krach machen. So nah habe ich sie auch noch nie gesehen.«
»Und noch Flamingos! Wie in Asania, auf der anderen Seite der Welt. Wir bleiben hier, André«, entschied Oci. »Ein paar Tage, bevor wir weitergehen.«
»Dann bauen wir uns ein Baumnest«, schlug André vor. »Wir graben Wurzeln, kochen Rohrschößlinge im Erdofen. Später kundschaften wir die Landschaft aus und suchen Kirschen, sie sind jetzt reif.«
»Nein, schwimmen«, widersprach Oci, »das möchte ich vor allen Dingen. Jetzt und sofort. Ich habe seit Tagen kein richtiges Wasser gesehen.«

Schon am ersten Tag stießen sie auf die Kugelhäuser. Oci entdeckte sie zuerst. »André, was mögen das für Bauwerke sein?« fragte sie und zeigte in das kleine Tal. »Sie sehen bewohnt aus, auch wenn sie ganz überwachsen sind. Los, das sehen wir uns an.«
»Augenblick«, meinte André und stockte. »Erkennst du sie, Oci?« flüsterte er. »Windgänger sind bei den Häusern.«
»Du hast recht«, stimmte Oci zu, als sie die Siedlung fast erreicht hatten. »Sie sind es. Und drüben auf der anderen Talseite sind Pflanzengärten. Man kann sie deutlich erkennen. Vorn das Haus sieht aus wie deine Wohnwabe. Nur daß es auf Stelzen steht und größer ist.«

Ein Mann winkte sie ins Haus. »Nein, Gäste sind wir hier nicht, das ist eine unserer Siedlungen«, erklärte er. Das Gebäude bestand aus einem einzigen großen Innenrund. Mit vielen Nischen, versetzten Böden, Stiegen, Stufen, unregelmäßigen Fenstern. Der Raum wirkte eher wie gewachsen als gebaut. Auf dem Tisch erkannte Oci ein Tonbandgerät. Sie hatte noch nie eins gehört. Jetzt vernahm sie eine Stimme daraus, sie redete in einer ihr unbekannten Sprache. Der Mann schaltete ab und bot ihnen Platz an. »Viele sind es nicht, die den Weg hierher finden«, sagte er. »Aber wer kommt, ist willkommen.«

Oci und André erzählten ihre Geschichte. Der Mann nickte. »Ich kenne Sülz und Föößß, auch Jana, oben in euren Bergen. Und von dem Schiff haben wir gehört. Ein Bruder sprach auch von einem Mädchen, das ihm bei den Flußleuten in den Wald gefolgt sei. Das also warst du?«

»Ja«, antwortete Oci, »aber ich habe den Mann verloren.«

»So berichtete der Bruder. Du hast von einer Insel gesprochen, die nördlich vom Ruhrtalwatt liegt. Ein Depot habt ihr darauf entdeckt?«

»Ich war nicht dabei«, erklärte André. »Es war Kabip, der Steuermann. Er war mit Oci zuerst auf der Insel. Aber ich habe das Depot auch gesehen. Bevor Kabip den Eingang zugesprengt hat.«

»Erzählt mir, was darin gelagert ist«, bat der Windgänger. Sein blindes Gesicht richtete sich aufmerksam auf

Oci. Als sie mit der Aufzählung fertig war, wiegte der Mann den Kopf. »Ich werde es den Mitgeschwistern weitergeben«, sagte er. »Unter Umständen brauchen wir noch eure Hilfe. Falls wir uns entscheiden sollten, das Lager auf unsere Projektliste zu setzen.«
»Was wollt ihr?« fragte Oci ungläubig. »Das Depot ist auf der Insel. Ihr kommt nicht an das Material heran, nur mit einem Schiff oder Boot.«
»Ein Jahr ist lang«, erwiderte der Mann. »Vorher werden deine Leute kein Schiff hier haben. Jedenfalls müssen wir sie treffen. Euer Werk, oder wie du es nennst, wird Techniker, Wissenschaftler schicken. Es wäre das erste Mal seit Generationen, daß wieder Kontakt mit eurem Erdteil zustande käme. Bleib ein paar Tage, Mädchen. Du mußt uns dein Land beschreiben, die Verhältnisse, in denen ihr lebt, euer Werk, wie es organisiert ist.«
Sie lernten nacheinander ungefähr ein Dutzend Frauen und Männer kennen, die zur Geschwisterschaft der Windgänger gehörten. Manche wohnten hier, andere waren unterwegs und machten in der Siedlung einen Zwischenaufenthalt. Keiner hatte einen Namen. Sie waren eine Einheit wie ein Leib, mit vielen Gliedern, verschiedenen Organen. Die Gruppe verfügte offenbar über zahllose Informationen, viele unterschiedliche Fertigkeiten und Fähigkeiten.
»Dann werden in Zukunft wieder Raumschiffe ins All fliegen?« fragte Oci die Frau, die ihre Berichte über die PTA, das Werksgelände und die *Nhlakanifo* mit dem

Tonband aufgezeichnet hatte. »Wird es also doch Städte auf dem Mond geben, wie unser Graubuch sagt, war doch nicht alles umsonst?«

»Wenn ich dich recht verstehe, fragst du, wie es weitergeht«, erwiderte die Frau. »Ja, es muß Fortschritt geben. Aber nicht wie eure Werksleitung ihn produziert. So hoffentlich nicht.«

»Aber wie sonst?« wollte Oci wissen. »›*Science knows best,* nur wer sich auf den Boden der Wissenschaft stellt, lernt vorwärts zu gehen aus eigener Kraft!‹ Das steht wörtlich in unserem Buch.«

»Es kommt darauf an, was Wissenschaft ist«, antwortete die Blinde. »So formuliert, klingt es ziemlich einseitig. Der Mensch, nicht die Technik ist unterentwickelt. Wir selbst müssen weiterkommen. Das bedeutet Fortschritt für uns.«

Oci schwieg. »Ich muß darüber nachdenken«, sagte sie dann. Sie sah Kabips Hände vor sich. Die Daumen in der Hosentasche, seine ungeduldig trommelnden Finger. Und die Hände von Kris. Hände, die arbeiteten, ihr Kind hielten, Hände, die Oci zum Abschied streichelten.

»Ich versuche mir vorzustellen, was jetzt in dir vorgeht«, fuhr die Frau fort. »Du sagst nichts. Bei euch im Werk sind sie wie die Leute der kurzen Tage. Sie hatten die Menschen vergessen. Am Ende machten sie sich die Natur selbst zum Gegner und merkten es zu spät. Du hast dir bestimmt schon selbst Gedanken darüber gemacht. Die Leute damals konnten nicht mehr umdenken, sich ändern. Sie hatten sich festgefahren, die menschliche Entwicklung war in eine Sackgasse geraten. Kennst du die Geschichte von der Stadt Babylon, ihrem Turm?«

»Nein«, sagte Oci. »Ich kenne keine Stadt, die so heißt.«

»Die Stadt gibt es heute auch längst nicht mehr«, erläuterte die Frau. »Bei dem Turm handelte es sich um eine Art Supermaschine. Man wollte damit über die Grenzen des damals bekannten Universums hinausstoßen. Mir fällt dazu eine Bemerkung ein. Sie stammt von einem Schriftsteller im 20. Jahrhundert, Kafka hieß der Mann. Er schrieb: ›Wenn es möglich gewesen wäre, den Turm von Babel zu erbauen, ohne ihn zu erklettern, es wäre erlaubt worden.‹«

»Aber das ist unmöglich«, wandte Oci ein. »Wie soll das funktionieren?«

»Ja«, bestätigte die Frau. »Genauso haben die Menschen am Ende der kurzen Tage auch gedacht. Sie haben bloß das Mögliche, das Machbare gesehen. Es gab Wissenschaftler, die daran arbeiteten, menschliches Leben aus Fleisch und Blut durch künstliche Intelligenz, durch Siliziumgehirne zu ersetzen. ›Höherentwicklung‹ nannten sie das. Der Mensch sollte abgelöst werden von einer neuen Gattung mit unbegrenzten Fähigkeiten. Nur, darf man alles und jedes machen, was technisch geht? Das ist doch die Frage, die muß man sich stellen. So verstehe ich das Zitat.«

Die Leute der Siedlung boten Oci und André Unterkunft in einem ihrer leerstehenden Kugelschalenhäuser an. André zögerte, Oci aber nahm das Haus in Beschlag. Sie fühlte sich wohl darin, saß an einem Tisch und las mit aufgestützten Ellbogen, oder blätterte mit André in einem Bildband aus der Zeit vor den langen Tagen. Sie stellten das Tonband an und hörten Musik vergangener Jahrhunderte. Jazz, Mozart, sogar ein Band afrikanischer Stammesmusik fand sich in der Sammlung. Zwischendurch streckte sie sich auf dem Strohteppich aus, verfolgte mit den Augen die Wellenlinien des Raums, dachte nach und formulierte Fragen. Nein, die Windgänger wußten nicht alles, aber sie sammelten Informationen, Bruchstücke einer zerstörten Welt, versuchten Vergangenes in die Zukunft hinüberzuretten, Brücken zu schlagen zwischen den kommenden und den verschütteten Tagen.

Dann wieder schwammen André und sie in einem der vielen Rheinarme, lagen auf einer Insel und schauten den Flußpferden zu, die sich am Ufer sonnten. In den frühen Morgenstunden arbeiteten sie in den Pflanzkulturen oder halfen bei der Fertigstellung des neuen Kugelhauses mit, das gerade in Bau war. Sie nahmen an der gemeinsamen Mahlzeit teil, zu der sich die Gruppe einmal am Tag in der großen Bibliothek traf. Sie aßen, hörten den Gesprächen zu, stellten Fragen.

Die ersten Nächte schliefen sie im Kugelhaus. Oci fühlte sich geborgen in dem Raum, der sie umgab. Sie kringelte sich beim Einschlafen in die ausgebuchtete Wand, empfand den festen Boden als Sicherheit. Keine

nächtlichen Geräusche drangen von außen herein. Sie schlief tief und lang. In einer der folgenden Nächte wachte Oci auf, faßte nach André und fand den Platz neben sich leer. Sie wartete, daß er zurückkäme, schlief darüber aber ein. Als sie erneut wach wurde, war es noch dunkel und sie hörte André durchs Haus zu ihr tappen. »André«, fragte sie, »kannst du nicht schlafen? Ist dir was?«
Er legte sich zu ihr. »Es ist so beengt hier«, erklärte er nach einer Weile und bewegte sich unruhig. »Schon die ganzen Nächte vorher konnte ich nicht richtig schlafen.«
»Du fühlst dich eingesperrt«, sagte Oci.
»Ja«, antwortete André. »Mir ist, als ob das Haus im Dunkeln immer enger würde. Es rückt zusammen, bis kein Platz mehr zum Atmen ist. Die Luft steht. Es ist zum Ersticken.«
Oci griff nach seinem Kopf und zog ihn an sich. »Du und deine Bäume«, sagte sie. »Dafür laufen dir hier wenigstens keine Mäuse übers Gesicht, und du mußt dir morgens keine Blätter und Spinnenbeine aus den Haaren zupfen.«
»Das macht doch nichts«, erklärte er. »Aber hier ist alles ohne Leben. Wo du hinfaßt, nur Steine und totes Holz. Wie kann man zwischen dem leblosen Zeug überhaupt schlafen, das frage ich mich. Es ist, als wärst du im Grab, nur daß es da warme, feuchte Erde gibt, Wurzeln und Maulwurfsgänge.«
»Und Würmer«, fügte Oci hinzu, »vergiß die Würmer

nicht. Ich stelle mir das nicht gerade schön vor. Lieber liege ich unter einem Dach oben über der Erde.«
»Aber Oci, fühlst du das nicht?« fragte André. »Du bist hier zwischen lauter abgestorbenen, künstlichen Dingen. Da ist kein Gras oder Moos, das Holz, die Steine in der Wand atmen nicht mit dir. Du bist allein. Ich kann das nicht aushalten. Ich kriege Angst dabei.«
»So empfinde ich es nicht«, antwortete Oci und fuhr André durchs Haar. »Aber ich kann nachfühlen, was du meinst. Bei mir ist es umgekehrt. Ich konnte mich nicht an euer hängendes Schlafen und Wohnen in den Baumkronen gewöhnen. Nachts hatte ich das Gefühl, ich falle im Dunkeln metertief durch die Äste. Mir war das rundherum zu lebendig. Weißt du was, wir suchen uns einen Schlafbaum. Dann wechseln wir ab. Ein paar Nächte schlafen wir bei dir, dann bei mir, okay? Komm, wir kuscheln und bleiben wach. Es muß bald hell werden.«
Nach dem Frühstück mit Sojamilch und Früchtebrot brachen sie auf und suchten einen Schlafbaum. Sie liefen stromabwärts, und André wies auf eine Roßkastanie mit weitausladenden Ästen und dichtem Laubwerk. »Die ist gut«, fand er. »Was meinst du?«
»Ja«, stimmte Oci zu, »und man kann bis ins Rheintal sehen.«
»Dann fangen wir an«, schlug André vor. »Du hast dir noch nie ein Baumnest gemacht? Du wirst sehen, es macht Spaß. Wir überlegen uns zusammen, wie es aussehen soll.«

Sie hatten eine kleine Handsäge und Flachsbündel mitgebracht, sammelten trockenes Astholz. André schnitt lange Weidenzweige und verklebte die Wundstellen mit Spucke und Erde, sie luden Arme voll Farnkraut, Moos und Rindenstücke an der Kastanie ab. André sang, wippte in den Zweigen, pfiff. »He, erkennst du die Melodie?« rief er. »Sie ist von einem Band, unten in der Siedlung, ein Trompetensolo.«
»Louis Armstrong«, rief Oci zurück, »O when the saints go marching in.«
Sie richteten die Plattform, spreizten einen Regenschutz darüber, belegten ihn mit gebündeltem Gras, zogen Flechtwände ein, reichten einander Holz und Flachs und schafften den ganzen Vormittag.
Der Himmel hatte sich unterdessen bezogen. Es wurde drückend und schwül. »Ein Gewitter kommt«, meinte André. »Gut, daß wir schon so eine Menge hinter uns gebracht haben. Dann sitzen wir halbwegs im Trockenen, wenn es wirklich anfängt zu gießen. Ich habe auch Hunger. Heute früh habe ich reife Himbeeren gesehen. Ich hole uns welche.« André hangelte vom Baum und verschwand den Hang abwärts im Gebüsch. Oci hockte sich mit hochgezogenen Knien an den Plattformrand. Der Himmel belud sich mit schweren Haufenwolken. Nur spitzes Mückensummen unterbrach die Stille. Der Waldboden verströmte trockenen Modergeruch.
Oci fuhr zusammen, als sie André durchs Unterholz knacken hörte. »He«, rief er ihr zu, »eine große Beerentüte für uns beide. Haben wir noch Brot?«

Oci nickte stumm, nahm ihm die hochgereichten Beeren ab und rückte zur Seite, um ihm Platz zu machen. Sie betrachtete die Flechttasche mit den Beeren. »Ich habe in jede geguckt«, zog André sie auf. »Du brauchst sie nicht so mißtrauisch zu beäugen. Die Beeren sind ohne Würmer. Komm, nimm. Da ist Brot dazu.«
»Nein, ich möchte jetzt nicht«, wehrte sie ab. André biß ins Brot, kaute, pickte Beeren. Oci hatte die Schuhe ausgezogen, betrachtete ihre Zehen und versuchte sie einzeln zu bewegen wie Pat. Es ging nicht.
»Du«, meinte sie, ohne den Kopf zu heben, »es ist wie ausgestorben um uns. Merkst du es? Als wären wir beiden die einzigen, die übrig sind. Die letzten Überlebenden. Mir ist richtig zum Heulen. Es ist schrecklich zu denken, daß es vielleicht keine Menschen mehr gibt.«
»Du mußt wieder unter Leute kommen«, sagte André. »Meinetwegen können wir gleich morgen los. Zurück zu uns in die Berge. Ich möchte auch wieder bei meinen Leuten sein. Ich stelle mir vor, wie das Baby von Kris jetzt aussieht. Ich habe es überhaupt noch nicht gehalten. Ja, Pat, Ron und Kolja und die anderen warten sicher längst auf mich. Die werden Augen machen, wenn wir zusammen kommen.«
»Ich will aber noch in der Siedlung bleiben«, antwortete Oci. »Ich möchte nicht weg. Das macht es auch nicht besser, wenn wir bei deinen Leuten sind. Guck dir den Adler an, da vorn, oben auf der dünnen Kiefer. Die

ganze Zeit sitzt er reglos da. Er rührt sich nicht vom Fleck. Was sieht er? Da ist eine Welt, in der was fehlt. Es gibt keine Menschen mehr. Oder nur noch wenige. Bald werden wir vielleicht ganz aufhören, da zu sein, verstehst du. Mir wird elend, wenn ich mir das vorstelle.«

Oci merkte, wie André sie anschaute. Sie wartete. Dann sagte er: »Die Natur nimmt zurück, was wir ihr weggenommen hatten. Ist das so schlimm?«

»Du redest wie die Werksprüfer beim IQ-Test«, protestierte Oci. »Selbst schuld, wenn du's nicht bringst!« Sie hob das Gesicht und schaute André an. »Überleg dir das doch mal. Menschen, die für immer da waren, sind nicht mehr. Keiner fragt nach uns, sieht uns an. Wir hinterlassen nichts. Wem auch? Nein, André, wir haben kein Recht, uns einfach in Nichts aufzulösen. Auf Nimmerwiedersehen zu verschwinden. Die Natur hat uns einen Platz gegeben. Hier auf der Erde. Wir dürfen nicht aussteigen.«

Die ersten Regentropfen fielen. Schwer und langsam. Scharfer Wind fuhr durch die Blätter. Oci stand auf, bückte sich zu André und küßte ihn. »Ich mag euch, die Leute vom grünen Schiff«, sagte sie. »Wie ihr miteinander umgeht, mit Pflanzen und Tieren lebt. Ich mag dich sehr, André. Ich stelle mir Leute in der Zukunft vor, die so sind wie ihr, überall auf der Erde. Aber ich habe den Eindruck, daß ihr schon aufgegeben habt. Ihr habt euch damit abgefunden, daß der Große Glitch das Ende war. Ihr überlebt nur noch gerade. Ihr seid

Baumnomaden und traut euch nicht mehr, unten auf der Erde Spuren zu hinterlassen. Dagegen wehre ich mich, verstehst du, ich will nicht aufgeben. Die Windgänger in der Siedlung würden mir recht geben. Nicht dir, vielleicht auch nicht Kai.«

Das Gewitter war näher gezogen, braute sich zusammen und entlud sich über dem Rheintal. Die Plattform schwankte. Wasser troff durchs Dach, Blitze zuckten.

»He«, schrie André ihr ins Ohr, »jetzt weißt du, wie es ist, wenn es gewittert und stürmt zwischen den Bäumen. Hast du Angst?«

»Nein«, rief sie zurück. »Ich möchte mich ausziehen, meinen Overall ins Trockene retten und mich von oben bis unten naßregnen lassen. Machst du mit?«

Sie zogen sich aus, brachten ihre Anziehsachen in Sicherheit, rutschten das klitschnasse Holz hinab, tanzten unter den Regenschwaden und küßten sich atemlos die nasse Haut. Wie unglaublich lebendig sein Gesicht ist, dachte Oci und drückte sich gegen André, es ändert sich in jedem Augenblick. Sie ließ sich ins Farnkraut fallen, zog André zu sich hinunter und sagte: »Halt mich. Es ist gut, daß es dich gibt, daß ich dich höre, daß wir uns spüren.«

Als der Regen aufgehört hatte, machten sie sich daran, ihr Baumhaus fertig zu bekommen, dichteten das Dach mit Moos, zogen eine losgerissene Flechtwand fest und verzurrten das Lager der Plattform.

Dann liefen sie in die Siedlung, saßen mit den Windgängern in der Bibliothek. Es war bereits dunkel, als sie zu ihrem Baumnest gingen. Der Wind hatte es getrocknet, und das Farnlager war weich und warm. Oci lag noch wach, als André schon schlief. Sie lauschte seinen Atemzügen, hörte auf die Geräusche im Wind und streckte sich. Ich lerne neu, was ich als Baby gekonnt und wieder vergessen habe, dachte sie. Ich lerne Berühren, Schmecken, Riechen, Tasten und Hören, alles. Ich bin heimgekommen in eine Welt, in der ich noch nie zu Hause war, in meinen eigenen Körper, in meine Umwelt, zu den Menschen. Ich bin noch mal auf die Welt gekommen, das ist es, sagte sich Oci glücklich.

Die Tage, die zuerst nur Rast sein sollten, wurden zu Wochen. Das Zusammensein mit den Leuten der Siedlung, Gespräche, Bücher, Arbeit, Musik, André und nochmal André. Dann wollte der Junge zurück in die Berge. »Du bist ein unwahrscheinliches Mädchen«, sagte er. »Du bist aus deinem Werk ausgestiegen. Kein PTA-Grau mehr für dich. Aber zu uns gehörst du auch nicht, sagst du.«

Oci drehte sich auf ihren Bauch, griff in seinen Schopf und spielte mit seinen Zöpfchen. »Zwischen uns beiden macht das nichts, André«, erklärte sie. »Nicht mehr. Ich fühle dich in mir, mich in dir. Es ist gut, bei dir zu sein.«

»O Oci, warum kommst du dann nicht mit? Willst du wirklich bei den Leuten in der Siedlung bleiben?« Er sah sie unglücklich an. »Soll das alles sein? Dein Leben?«

»Keine Angst«, tröstete sie ihn. »Ich fange erst an zu leben. Aber ich möchte noch lernen, viel lernen. Du weißt«, sie piekste ihn in die Seite, »ich habe eben diesen tollen IQ.«

»Was bist du für ein Mädchen«, sagte André. »Was soll man mit so einer machen, wie du bist?«

»Gehen lassen«, lachte sie und küßte ihn.

Sie standen auf und liefen zum Wasser. André band seinen Taschenkittel in den Nacken und watete in den Fluß. Er bückte sich, prustete. »Wie ist das kalt. Und wann sehen wir uns also?«

»Das ist doch alles besprochen«, erinnerte Oci. »Bekomme ich ein Baby, bin ich in ein paar Monaten bei euch. Gib Kris einen Kuß, hörst du?« André tauchte. Ich liebe ihn, dachte Oci. »He«, rief sie, »Baumläufer, dein Kittel wird naß.«

»Macht nichts«, schrie André zurück. »Heute wird's warm. Die Sonne steht über den Bergen. Und wenn du nicht kommst?«

»Dann mußt du mich suchen, was sonst?« lachte sie und blies einen Kuß über die Hand. Über den Fluß hinweg rief sie ihm noch zu: »Grüße das grüne Schiff. Und wenn du in den Materialraum kommst, da liegt mein PTA-Graubuch. Sei so gut, bring es auf die Insel. Ja, in die Bibliothek.«

Der Werkschutz wird sich für das Buch interessieren. Sein Erscheinen bedeutet ein Risiko. Die Werksleitung wird versuchen, uns, seine Verfasser, ausfindig zu machen. Man wird alles daran setzen, Verbreitung und Diskussion unseres Buchs zu verhindern. Wir möchten darum den Lesern unsere Zielsetzung erklären.
Wir erzählen eine erfundene Geschichte. Es gibt kein grünes Schiff in den Bergen (leider), keine *Nhlakanifo.* Die zentrale Werksdatenbank weist keine Daten über Oci aus, das Mädchen, das es in unserem Buch an den Rand der Welt verschlägt. Es gibt auch keinen André (schade). Das Haard-Materialdepot nördlich vom Ruhrtalwatt ist ebenfalls reines Phantasieprodukt.
Real allerdings ist die PTA. Unsere Polit-Technik-Asania. Für jeden Werksangehörigen ist sie alltägliche Wirklichkeit. Er kennt nichts anderes. Mit diesem Problem setzt sich unser Buch auseinander: Wir genießen eine Werkserziehung, besuchen den Werkskindergarten, die Werksschule. Die zentrale Werksdatenbank erfaßt unsere Daten, wir unterliegen den Werksnormen, singen im Werkschor, wohnen in einer Werkswohnung, arbeiten in einer Werkstätte. Eingepaßt in die Werksorganisation haben wir Schwierigkeiten, uns überhaupt vorzustellen, daß Leute auch anders leben könnten.
Entsprechend reagiert auch Oci auf eine völlig andersartige menschliche Erfahrung: zunächst verwirrt, überrascht, dann beleidigt. Manchmal geradezu feindselig. Armer André. Er kann nicht wissen, daß Ocis widersprüchliches Verhalten, unter dem er so oft zu leiden hat, das Ergebnis ihrer Werkserziehung ist.
Dennoch, unser Mitgefühl gehört dem Schiffsmädchen der *Nhlakanifo.* Bleiben wir bei ihr. Es ist immerhin ein Abenteuer, als Mädchen unserer Hautfarbe plötzlich unter die weißen Wilden

zu geraten. Doch das Abenteuer wird zum Schock, wenn sich die hellhäutigen Eingeborenen als glückliche weiße Buschis präsentieren. Als Mitmenschen von großer Wärme, mit einem dem Mädchen unverständlichen Bedürfnis nach Hautkontakt, Umarmungen, Nähe. Die ganze Lebensweise muß ihr unbegreiflich sein. Zwar gibt es laut Werksvertrag in Asania kein privates Produktionseigentum, und alles gehört allen gemeinsam, aber das ist nur die offizielle Lesart. In Wahrheit bestimmt der IQ-Scheck, also die Ausbildung, was einer sich leisten und gönnen kann. Die Leute vom grünen Schiff dagegen teilen anders. Ohne Hintergedanken, Prämien, Sondervergünstigungen. Und sie haben überhaupt kein Interesse daran, Besitz anzuhäufen.
»Ist doch klar, die haben eben keine Bedürfnisse, diese Baumläufer«, würde Kabip sagen. Wir auf dem Werksgelände arbeiten mit den Bedürfnissen der Menschen. Wir haben sozusagen einen ständigen Bedarf an Bedürfnissen. Der wunschlos glückliche Zeitgenosse wäre ein geistiger Terrorist, ein Werksdienstverweigerer. Die Werksleitung würde ihm umgehend bescheinigen, daß er durch schuldhaftes Eigenverhalten seinen Anspruch auf Werksmitgliedschaft verloren hat.
Nicht doch, Mister Kabip (versuchen wir in unserem Buch zu sagen), Andrés Leute sind nicht etwa bedürfnislos. Sie haben eine Menge Bedürfnisse, lieber Mann. Nach Wärme, gemeinsamer Arbeit, Austausch. Es ist ihnen wichtig, zusammen lachen, trauern zu können, einander gemeinsame Erfahrungen zu ermöglichen. Kris zum Beispiel bringt ihr Baby mitten unter ihren Leuten zur Welt. Die Praxis der Werkskliniken – geboren und gestorben wird unter Ausschluß der Öffentlichkeit – ist dagegen, sagen wir es doch, unanständig. Es stellt sich mithin die Frage, Mister Kabip, welche Bedürfnisse denn vorrangig sind. Das Bedürfnis zu haben, zu besitzen, immer mehr zusammenzuraffen? Oder der Wunsch nach Teilen, einem Leben füreinander?
Ist übrigens der Steuermann Kabip nun tatsächlich ein *Leuko?* Wir haben die Frage offen gelassen, denn unser Verfasserkreis konnte

sich nicht einig werden. Wir sollten das unseren Lesern erklären. *Leuko* verwendet man bei uns im Werk als geläufiges Schimpfwort. Es gilt als beleidigende Äußerung mittlerer Härte. Was sich hinter der Bezeichnung verbirgt, wird den meisten Werksangehörigen dabei nicht im vollen Umfang bekannt sein. Die Werksleitung legt auch keinen Wert darauf, den Werktätigen Auskunft zu erteilen, wie viele Belegschaftsangehörige, aber auch Kinder und Jugendliche jährlich bei uns gehirnchirurgisch behandelt, leukotomiert werden. Krawallmacher, Alkoholiker, Glücksspieler, aufsässige Strafgefangene, politische Abweichler, Selbstmordgefährdete. Die Liste läßt sich beliebig verlängern. Für jeden von uns ist Platz darauf.

Offiziell hört sich das ganz prächtig an. Da wird darauf verwiesen, daß jener Eingriff für Menschen mit seelischen Verwachsungen eine segensreiche Verbesserung ihrer persönlichen Lebensumstände darstelle. Ja, bei vielen Krankheitserscheinungen lasse sich nach der Operation ein deutlicher Anstieg des Intelligenzniveaus nachweisen. Wie schön.

Verschwiegen wird die hohe Zahl der mißlungenen Eingriffe. Schlimmer noch, das Beispiel zeigt, wie bereitwillig unsere Werksärzte sich zu Bioingenieuren umfunktionieren lassen. Die maschinellen Hauruckverfahren haben es ihnen angetan, weil andere, menschlich orientierte Behandlungsarten für seelische Leiden und Störungen zu zeitaufwendig sind, »gesellschaftlich gesehen nicht kostenrentabel«, wie es heißt. Das sind die Konsequenzen, die sich aus der Devise ergeben: Die Natur hat sich nach uns zu richten!

Die Werksleitung ist vernarrt in solche Sprüche. Totale Beherrschung der Natur verspricht endlich die völlige Beherrschung des Menschen. Der nämlich ist leider noch zu unberechenbar, eigenwillig und viel zu kompliziert, als daß man mit ihm im Rohzustand etwas anfangen könnte. Also, her mit der Leukotomie. Gehirnabtreibung, die saubere Endlösung für den menschlichen Unberechenbarkeitsfaktor.

Damit sind wir beim nächsten Stichwort: Technik. Jetzt strahlt Kabip, das ist seine Stunde. »Leute, das muß man gesehen haben, wie sich die weißen Buschis aus Abfällen versorgen. Schon die Aufgabe, eine Glühbirne herzustellen, ist ohne Großindustrie nicht zu lösen. Da braucht man noch lange nicht von AKWs und Atomindustrie zu reden. Ohne Großtechnik läuft eben nichts. Das ist eine Tatsache, ein Sachzwang. Alternativen scheiden aus. Und die Großtechnologie ist eine Sache für Spezialisten. Der Mann auf der Straße kann nicht entscheiden, woher der Strom aus der Steckdose kommt. Das ist ein rein technisches Problem für Leute, die Durchblick haben, für Fachleute also.«
Bravo, Mister Kabip, bravo. *Science knows best* und die ganzen Sprüche nach Muster vom PTA-Graubuch (das, nebenbei bemerkt, ein schlechter Zitatenverschnitt eines bereits 1959 erschienenen Buchs ist: *Life in the Twenty-First Century*, Leben im 21. Jahrhundert). Aber nicht ganz so schnell. Wir stellen nicht die Notwendigkeit von Technik in Frage. Wir haben nur etwas gegen die Werkstechnik der PTA. Sie ist uns zu groß (mehrere Nummern), zu massiv, zu undurchschaubar, zu brutal.
Wir, die Buchautoren, sehen nicht im technischen Fortschritt den Motor gesellschaftlicher Entwicklung. Bei uns kommt der Technik eher die Rolle eines vernünftig bemessenen Hilfmotors zu. Schließlich gibt es nicht einfach *die Technik* als Schicksal, sondern Technik entspricht den Bedürfnislagen der Leute. Eine Gesellschaft, der man maßlose Habgier einimpft, produziert entsprechend maßlose, brutale Technik. So einfach ist das. Und Leute, die ihre Bedürfnisse vorrangig im menschlichen Bereich sehen (Andrés Leute vom grünen Schiff), wollen eher Handgestricktes. Jedenfalls keine Atomeier, Sonnenstrahler im All, zentrale Datenverbundnetze, Produktion von gewalttätigen Geschwindigkeiten. Sie ziehen Technik vor, die überschaubar bleibt. Werkzeuge, technische Einrichtungsgegenstände, die möglichst jedermann bedienen und verstehen, auseinandernehmen und reparieren kann.

Wir möchten mit technischen Hilfsmitteln arbeiten, die wenig Energie verbrauchen und eine an menschlicher Lebenszeit bemessene Langlebigkeit haben. Wir möchten keine Technikdiktatur, keine Zentrale, die uns auf Gedeih und Verderb ans System anschließt, wo uns jeder jederzeit abhängen, erpressen kann. Technik möchten wir, Mister Kabip, die wir selbst verwalten. Über die wir bestimmen. Werkzeuge, die wir in Gruppen, Nachbarschaften, Wohngemeinschaften selbst planen, einsetzen. Kurzum: gewaltfreie Technik, Technik nicht gegen, sondern mit der Natur.

Das letzte Stichwort: Gewaltfreie Schule. Nein, wir haben auch nichts gegen Schule. Im Gegenteil. Aber wir sind gegen PTA-Werksschulen, in die Kinder nicht gehen, sondern marschieren.

Mister Kabip, Sie schweigen? Schlechte Schulerinnerungen? Ja, es vergißt sich manches, wenn man erst zweiter Steuermann und sogar Werkssonderbeauftragter ist. Aber wie war das eigentlich? Hat sich nicht der junge Kabip manchmal gefragt, wozu er das alles lernt, weil der Zusammenhang zwischen Ausbildung und Lebenspraxis fehlte? Hat der kleine Kabip nie über Schule gestöhnt? Mit Recht, nehmen wir an. Denn die Frage stellt sich doch, ob man überhaupt lernen kann, wenn alles und jedes zensiert, gewertet, verdatet wird.

Lieber Mr. Kabip, in der Schule, in unserer, lernten wir fürs Leben? Wer kann das nur erfunden haben? Bei wem haben Sie gelernt, ein Mädchen gern zu haben, es ihr zu zeigen, sie anzufassen? Wer hat Ihnen beigebracht, wie man damit zurechtkommt, wenn ein Kollege im Werksverkehr tödlich verunglückt? Die Werksleitung weiß ganz gut, warum es Schulfächer und einen Lehrplan gibt und warum sie darauf besteht, daß nur ausgebildete Lehrer unterrichten dürfen. Immerhin ist die Schule die erste Instanz, die einem die Selbstbestimmung kaputt macht, die dich ins System einpaßt. Versteht sich, daß man dafür Fachleute braucht. So lernt man eben in der Schule, daß alles geregelt sein muß, daß nichts von allein geht und ohne IQ-Scheck später gar nichts läuft. Wir, die Verfasser, setzen uns für eine andere Schulausbildung ein. Für gewaltfreies Lernen, für gemeinsames Lernen, für selbstbestimmtes Lernen.

Zum Schluß noch ein paar Informationen zur Entstehungsgeschichte des Buches. Wir sind ein Freundeskreis von Werkstätigen. Wir leben auf dem Werksgelände, essen in den Werkskantinen, lesen die Werkszeitung, genau wie unsere Leser. Dennoch sind wir »Abweichler«. Daß es die gibt, ist für den Werksschutz kein Geheimnis, er macht nur eins daraus.

Wir sind Frauen und Männer verschiedenen Alters, die weiter als ihre Vorschriften denken. Manche von uns haben Verbindung zu dem Bereich, den man Kirchen nannte, andere zur Medizinmännerbewegung und anderen Widerstandsgruppen. Unser Buchprojekt haben wir über längere Zeit vorbereitet. Wir waren uns einig, was wir wollten. Schwierigkeiten tauchten erst auf, als es an die Niederschrift ging. Nächte hindurch haben wir uns gestritten, herausgekommen ist ein (hoffentlich) tragbarer Kompromiß: *Nach dem Großen Glitch.*

Der Titel stand von Anfang an fest. Uns erscheint die Bezeichnung »Großer Glitch« für eine kosmische Superkatastrophe als typisch für Asania. Soviel wir wissen, verwendeten zuerst US-Astronauten diesen Begriff. Sie bezeichneten damit eine unerklärliche Instrumentenmißweisung. Daraus entwickelte sich der umgangssprachliche Gebrauch: Ein Glitch ist etwas, was es gar nicht geben dürfte. Auf die CO_2-Katastrophe angewandt, spielt man Weltuntergang auf einen dummen Zwischenfall hinunter. Und auf diese Weise machen wir genau da weiter, wo die Leute vor uns aufgehört hatten.

Daß diese Betrachtungsweise unmenschlich ist, wird deutlich, wenn man allein an die Opfer denkt. Außerdem ist sie verlogen: Die Katastrophe war kein Betriebsunfall, war nicht einfach Pech. Schon in den 80er Jahren des Katastrophenjahrhunderts mehrten sich die Stimmen, die vor einer selbstherbeigeführten CO_2-Bedrohung warnten, vor einem ständigen Temperaturanstieg in der

Atmosphäre mit allen vorhersehbaren Folgen: Globaler Treibhauseffekt, Polschmelze, Überflutung weiter Wohngebiete der Erde, Kampf um die letzten Überlebungsräume der Menschheit. Verursacht durch eine protzige Energieindustrie, die nicht mehr für die Bevölkerung, sondern für ihr eigenes Wachstum produzierte. Der Große Glitch wurde zum Zeitraffer einer damals ohnehin fälligen Katastrophe. Unsere Werksleitung ist dabei, sie zu wiederholen.

Diese Warnung ist es, die unser Buch zu einer Gefahr für das PTA-System macht. Es wird den Werksschutz voll in Aktion bringen. Aber dafür wird Oci auch keine Romanfigur bleiben. Sie wird zu unserer Mitstreiterin. Schon jetzt hat sie viele Namen, eine Vergangenheit und eine Zukunft.

Abenteuer-Romane

Arnulf Zitelmann, geboren 1929,
Studium der Philosophie und der Theologie.
Tätig als Religionslehrer
an einem altsprachl. Gymnasium.
Lebt in Darmstadt.
Veröffentlichte u. a.
die »Basisbibel« und »Didaktik der Sexualerziehung«.

Abenteuer-Roman. Mit einer Karte. 212 S. Pappband. DM 16,80 ab 12 80557

Jedida ist eine judäische Kriegsgefangene. Als Junge verkleidet, flieht sie aus Rom. Versteckt unter ihrer Tunika, trägt Jedida die größte Kostbarkeit Israels: ein Kleinod, besetzt mit zwölf Edelsteinen. Der Sklavenfänger des Kaisers verfolgt Jedida übers Meer bis nach Alexandria. Bei Theon, dem Wasserträger, taucht sie unter. Am Ziel ihres Auftrags, in Jerusalem angekommen, findet Jedida Tempel und Stadt bis auf die Grundmauern zerstört.

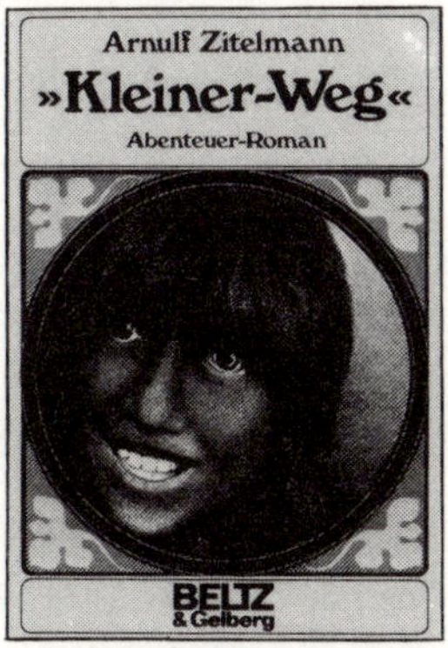

Abenteuer-Roman. Mit Bildern von Willi Glasauer. 200 S. Pp. DM 16,80 ab 11 80537

Kleiner-Weg, ein Höhlenjunge, hat seinen Klan verloren. Nach abenteuerlichen Wanderungen findet er bei den Fischjägern das Mädchen Mond-über-dem-Wasser. . .

Abenteuer-Roman. Mit einem Nachwort des Autors. Pp., 188 S. DM 16,80 ab 12 80564

Martis, der Schafsjunge des Klosters, steht unter Verdacht, mit der tollen Babelin in geheimer Verbindung zu stehen. Als Babelin verbrannt wird, flieht Martis und schließt sich den Fahrenden und Gauklern an. Dort trifft er das Zigeunermädchen Linori wieder, dem er das Leben gerettet hat. Zusammen erleben Martis und Linorie ein Stück mittelalterliche Geschichte.

BELTZ
& Gelberg

Abenteuer-Romane

Abenteuer-Roman. A. d. Niederländischen. 400 S. Pp. DM 17,80 ab 10 **2. Auflage** 80528

Abenteuerroman. A. d. Niederländischen. 416 S. Pappband DM 17,80 ab 11 80575

Abenteuer-Roman. Mit einem Nachwort des Autors. Pp., 424 S., DM 17,80 ab 12 80568

Abenteuer-Roman. Mit einer Karte. 220 S. Pappband. DM 16,80 ab 11 80547

Seltsame Dinge werden über den Wilden Wald erzählt, von Räubern und Geistern, verlassenen Ruinen und Wegen, die nirgendwo hinführen. Tiuri, bekannt aus »Der Brief für den König«, macht sich auf, diese Rätsel zu lösen. Freunde helfen ihm. Und wieder wird er in den Kampf der Söhne von König Unauwen verstrickt, in den Kampf zwischen Gut und Böse, in dem niemand neutral bleiben kann.

Abenteuer-Roman. A. d. Engl. v. Irmela Brender. Pp., 244 S., DM 16,80 ab 12 80567